U0686261

YUAN WODE
ZONG YOU YIGE NI

愿我的世界
总有一个你

山亭夜宴 ——

著

*Wish you always be
in my world*

百花洲文艺出版社
BAIHUAZHOU LITERATURE AND ART PRESS

图书在版编目（CIP）数据

愿我的世界总有一个你 / 山亭夜宴著．— 南昌：
百花洲文艺出版社，2019.1（2023.12重印）
ISBN 978-7-5500-3090-9

Ⅰ．①愿… Ⅱ．①山… Ⅲ．①随笔－作品集－中国－
当代 Ⅳ．① I267.1

中国版本图书馆 CIP 数据核字 (2018) 第 247661 号

愿我的世界总有一个你

山亭夜宴　著

策划编辑　黧　豆　涂继文
责任编辑　袁　蓉
封面设计　A BOOK STUDIO 萝卜Design 1092801781
出版发行　百花洲文艺出版社
社　　址　南昌市红谷滩区世贸路 898 号博能中心 A 座 20 楼
邮　　编　330038
经　　销　全国新华书店
印　　刷　三河市华东印刷有限公司
开　　本　880mm×1230mm　1/32
印　　张　8
版　　次　2019 年 1 月第 1 版　2023 年 12 月第 2 次印刷
字　　数　160 千字
书　　号　ISBN 978-7-5500-3090-9
定　　价　39.80 元

赣版权登字 05-2018-449
版权所有，侵权必究

邮购联系　0791-86895108
网　　址　http://www.bhzwy.com
图书若有印装错误，影响阅读，可向承印厂联系调换。

如果你爱过一个人，知道爱，你就会无法容忍劣质的爱。这是骗不了人的，还有，这跟年龄无关。

在小的格局里创造一种新的生活模式，对于热衷过日子的人而言，似乎从来不是什么问题。

目 录

||||||||||||

孤独村镇的几点渔火

||||||||||

"你离婚了？"

"没结成。"

||||||||||

　　一年也热闹不了几天，只有过年之前的那段时光，家家户户忙着筹备年货，为了团圆的热闹喜气，而期盼地等待。

　　禹汐想趁着春节前尽量到处走走，这会儿票价还有折扣，人也不算多，不至于到哪儿都挤满了人。她来找我时，我正为新买的书找地方安置，毕竟它们放在地板上已经有些日子了。

　　"你的福康店怎么办？"我问。她辞职后在家打理一家小店，也帮人代收包裹。

　　"关门几天没关系。"她不在意地说。

　　"阿姨一个人在家没关系吗？"

　　"有亲戚来家里住两天，有人的。"

　　我忽然对她笑了笑，这才是她急于出行的原因吧。禹汐很快订了火车票、住宿的旅馆，行程由她一手安排，我看到她发来的确认信息才知道旅行的目的地。

　　"为什么是这里，有啥好玩的？"我问，上一次去无锡是很久之前的事了，逛了很多景点，到处是拥挤的游人。

禹汐忽然一笑，说："找个清静点的地方待几天呗。"

"等到过年这里也挺清静，以前过年还放鞭炮，现在不允许了。"

"这是这里唯一的优点。"

她绝不会改掉说话呛人的习惯，但这通常表明她正为了什么事而烦躁，她看起来有心事，也许是那件事让她有了"躲"出去的念头。我浏览了一遍无锡的美食后，对她的安排，也没有异议。

出发那天的清晨下起了雨，我穿着一件厚厚的外套，坐在地铁上跟禹汐发消息。原本约了早上一同出门，我和她住得很近，时间充裕还能吃一顿热腾腾的早餐。她前一晚突然有事外出，我以为计划有变，她一再保证会准时赶来，于是我们分头赶去火车站。

到了火车站，等到检票时分，依然不见她的身影，心想着这回是要独自去旅行了。她的手机一度没打通，不知是因为下雨天还是什么缘故，禹汐不是言而无信的人，如果赶不来，一定是有重要的事耽搁了。

离发车前两分钟，她终于气喘吁吁地奔上了火车，我已经懒得抱怨或追问原因了，能赶来就好，不管发生了什么事，人没事就好。

她从背包里拿出一堆可口的早餐，应该是来的路上买的，保温瓶里有热腾腾的豆浆，味道很好。我只管自己大口吃，她拿着奶酪面包，若有所思地扫了眼手机屏幕。旅途的火车上，我们是两个饿坏了的旅客，庆幸上了火车才开始下雨。

我想抓紧时间打个盹，火车上比较安静，这节车厢里稀疏地坐着几个人。禹汐忽然拿手肘推了我一下，她踌躇地酝酿怎么解释迟到的原因，说：“早上差点赶不过来……”

“没事就好。”我说。

“我没事，”她看着车窗外的风景，火车早已驶离市区，穿过一片片田埂，“是因为别人，我去照看了一下，回来又晚了。”

“从家里来的？”问完，我立马有些后悔，谁还没个隐私，问那么清楚岂不尴尬。

她不以为意地摇头，说：“吵完架回来的路上发觉东西落了下来，再回去拿耽搁了很长时间。早上赶回家拿行李的时候还想着，万一赶不上，你先去等我，我搭下一班就来。”

“火车班次不少，长途车也有很多，不用担心，只要别告诉我你突然改主意不去了。”我笑道。

她没好气地白了我一眼，说：“我才不是这种人。”顿了顿，又说，“这几天发生的事，我自己也难以置信，要是不说出来，我快要疯了。我必须出来走走，离远一点儿好好想一想。”

哪怕要多等几班火车，我也要听她的“解释”。

禹汐没想到她和宁则维还会再次见面，听说他筹备结婚前正准备移居海外，谁知一波三折，婚事泡汤，几乎闹得不可开交。让她难以置信的是，她是在朋友的聚会上看到他的。她一个从事摄影的朋友坚持要给宁则维拍照，当时他穿着一身休闲套装，胡子没刮干净，不修边幅的颓废模样，竟比他过去西装革履的模样顺眼多了。

"你被家里扫地出门了吗？"禹汐问他。没想到这年头男人被毁婚，下场会是这么惨。

他耸了耸肩膀，换作从前早就反唇相讥，人一旦今非昔比，连气势也会截然相反。他说："我爸妈早就离婚了，我有自己的住处，一时半会儿还饿不死。"

"是嘛，你身上这件外套是还没付干洗费吗？"她故意讥笑道。

"借来穿的。"他干脆说。

"你离婚了？"

"没结成。"

两人冲着对方一笑，同时各自走开去别处。

伴随乱七八糟传闻一身的他，身边从来不缺女孩子，他拿着酒杯对禹汐致意，她也笑吟吟做了个挑眉的表情以示回敬。

聚会中知道两人过去的人，走来对禹汐爆了个内幕："宁则维真是宁死不违啊。"

"什么？"禹汐随口一问，她并不真的想知道，光听说他被女方毁婚就很开心了，没必要知道那么多细节。

"他在结婚前几天，让未婚妻的朋友看到他和别人在一起，未婚妻本来是要忍下来的，但女方家里也知道了，坚决不同意。"

"家人识大体。"禹汐道。

"女方家里一直不同意，听说她以前有个很不错的对象，他们本来就是被拆散的，出了这件事，家里全闹开了。"

"他未婚妻及时醒悟了？"禹汐不禁问。

"听说是他没有挽留，"那人说话时表情一阵怪异，仿佛有些人的感情世界是要时不时上演一些戏剧性的转折才像是生活，"人家姑娘心灰意冷就走了。"

"他是在内疚？"禹汐奸笑了起来，怎么可能？

那人也在笑，说："他受这件事的影响也不小，后来还从公司辞去了他的很有前途的工作。"

"不是说两人在一家公司吗？"

"是啊，女方的父亲是公司股东。"

禹汐耸了耸肩，佯装惋惜。

火车到站了，我和禹汐各自从行李架上拿下背包背上，她走在前面，我跟在后面，一边问："后来呢，怎么说？"

她将喝光的牛奶罐扔进垃圾桶里，边走边说："他后来搬家了，以前跟他母亲住在一起，现在家里接来了他外公外婆，他的房间让了出去，自己租房子在外面过。"

"感觉一下子变得很惨。"我说。

"是啊，我跟以前的同学朋友说起时，没有人敢相信，还大呼小叫地说'宁则维吗？你确定是他？'有什么奇怪的，风水轮流转，谁都有可能走霉运。再说，他还是太子爷，只是不愿意去他爸公司上班，坚决不去。"禹汐云淡风轻的语气中似乎藏着几分钦佩的意味。

我刚要继续打听，她已经下了火车，招着手说："快、快，这个点餐馆人应该不多，我们去没准还能找到个不错的位子。"

我们吃饭的地方距离江南第一豪宅薛福成故居不远，商量先去吃饭还是先放行李时，她说："酒店我退了，另有个地方也可以住。"

"哪儿？"我有些踟蹰地问，我知道她在无锡有亲戚，曾听她提起过。但无论亲近还是疏远，我也跟着去不太好。

"我大外婆的家，"她顿了顿，叹了口气，说，"我小时候经常来这里玩，过年过节也来，比待在家里壮心得多。大外婆和外婆是双胞胎，比外婆早生几分钟，外婆算是子孙满堂。大外婆的丈夫在香港去世，她儿子和女儿那时都在国外，外婆总想接她去家里住下来，两个老太太彼此也有个照应。大外婆不肯，她怕家里没人，会错过丈夫和儿女回来。她去世前的一段时间，我也不知道为什么，就想着来看看她，那时我已经好几年没来看望她了，可能她都不记得我了。"

"她记得吗？"我问。

禹汐点点头，眼神直直地看着前方，说："记得，她的记性很好，意识非常清醒。她一看是我，好开心，笑得那么开心，我差点都掉眼泪了。她一个人冷冷清清地过了大半生，在那个年代，她还惦记着外婆，她的双胞胎妹妹。外婆那时一个人的收入要养活一家人，外公因为做了些小生意，每个月的收入被没收，持续了很多年，家里还要赔出去很多钱。大外婆一个人从无锡来上海，她一向很少出门，带了钱和吃的来帮外婆的忙。我妈以前常说，她是大外婆带大的，她们很亲，要我长大也要孝顺大外婆。我爸妈离婚那会儿，家里天天闹得鸡犬不宁，我妈那时精神状况不好，我爸天天不回家……"她停顿了下来，转头看了看我，说，"就是街坊传的那些，半真半假吧。那时我才明白，亲戚朋友对我家殷勤是看在我爸的面子上，他在外面出手很大方，也很有办法，找他帮忙的人很多。我妈年轻时时常有人夸她漂亮，说她好福气，会持家又能干，一到他们离婚，一个个明里暗里都说我妈不好，说她太爱打扮，花钱大手大脚，不是过日子的人。"

禹汐避开脸去，声音缓缓地飘过来，仿佛是看过无数次的老剧情，早已波澜不惊。印象中，我不记得她父亲曾出现在她们母女居住过的屋子，邻里街坊认识她父亲的人很多，尤其是男人，对她父亲赞不绝口，出手大方确实很得人心。反倒提到她母亲的人很少，隔三差五在买菜、散步的路上遇见，人们也是老远点个头就别过脸去。我听说过一些难堪的流言，但从未与禹汐说起过这些事。

古运河上亮着绚丽的灯光，河上的游船往来其间。

禹汐的大外婆家靠近大运河风景区，远处是高楼建筑，景区周围的房子保持着古老的斑驳，拿着专业相机和手机的游客们缓缓地游走在街巷里。

"以前觉得这里很吵，节假日尤其不得安宁。大外婆在世的时候，她在国外的子女们打电话问她房子的过户手续，她知道他们转手就会卖了房子，就拖延了很久，有时一天两三个国际长途打来问她考虑的结果。外婆知道后很生气，这么多年来人也不回来看望一次，一打电话就要钱、要房子，亲戚间都替大外婆不平。大外婆有回生病住了几天院，他们国际长途打到了外婆家，追着问房子的事，外婆气得边哭边骂，我们这里还不知道大外婆生病住院，我妈和两个亲戚赶来无锡，跟邻居打听是哪家医院，一到医院里，什么话也说不出来了，就是抱头痛哭。那一次，大外婆决定不再等了，她知道她等不到了。"禹汐站在木窗后的阴影里，望着远处的运河。

我轻手轻脚地放下行李，客厅里有张矮矮的书桌，桌角十分纤细，不着半点漆。靠窗的一张方桌，窄窄地恰好挤在窗口，桌上铺着蓝色的格子桌布，一个牛奶玻璃瓶置放在中央。禹汐来的路上买了一些花，修剪了一番插在瓶子里。

她放下剪刀，收拾清理干净，然后踩在一把脚凳上，从柜子顶层抽出棉被，说："棉被足够了，都是这两年我住在这里后新买的。"

"后来怎么样？"我问，同时接过她手上的棉被。

她转身去抽另一条布满碎花的抱枕，说："大外婆去世后我们才知道，她把名下的房子留给了我和母亲，余下的钱大部分给了外婆，其余的给几家亲戚分了。亲戚们很不开心，但也知道这么多年都是我妈在照顾大外婆，我妈每年会陪大外婆住两三个月，亲戚气完也就算了，分到的钱不多，外婆把自己的那些给了他们，也算相安无事了。"说到这里，她险些从脚凳上摔下来，幸好及时撑住另一边的墙，我吃了一惊，忙道："你没事吧？"

"没事，"她从脚凳上跳了下来，笑了笑说，"我以前摔过一次，后来学精了。"

卧室里仅有一张窄床，客厅里有张竹榻，我想着待会儿是不是由石头剪刀布来决定谁睡哪里。她找出一个取暖器，表情古怪地说："这个，晚上应该有用的。"

"你不打算客气一下吗？"我不死心地说。

禹汐眨了眨眼，笑道："客气啥？你睡竹榻，不用客气。"不等我有反驳的机会，她接着说，"晚点再去逛南长街吧，现在先去打牙祭，我饿得快昏过去了。"

我不死心地看了眼卧室一床厚厚的棉被，坐在窗前的方桌边，眺望运河的方向，忽然感到很安静，连饿着的肚子也可以暂时放一边了。

方桌上还有几段残留的花枝、叶瓣，她将褪色、变薄的窗帘换上一块鹅黄色面料，边角周围绘上水果、蛋糕等图案，清新又可爱。我猜一时半会儿她还不打算出门，便打开背包整理东西。

禹汐换掉一些陈旧、破损的物件，从衣柜里拿出早就准备好的日用品摆出来，说："东西早就买好了，我妈总是说没人住，没必要花费添置。"

"这里是你们另一个家啊，怎会不必要？"我好奇道。

她苦笑着摇了摇头，长长地叹了口气，说："这就是我早上差点没赶上火车的原因。大外婆的几个子女派了律师来打官司，第一个追过来的是她长女，长子是过几天的飞机，还有一个是下个月的飞机。"

我吃惊地看着她，她无奈地笑着，我说："追过来打官司？就……就为了一套房子？"

"不止，"禹汐摇了摇头，说："他们现在认定大外婆去世时有个珠宝盒，大外公去香港时没带过去，那么肯定是留在这里了。"

"听起来像天方夜谭，即使有，经过了那么多年、那么多事，要怎么守得住？"我说。

"我妈还不太清楚这件事，外婆那边的亲戚都知道了，平时尽管为了各种事闹不开心，这次反倒很一致。大外婆去世时的境况，我们每个人都看在眼里，上下里外都是我们在奔忙，他们连回来奔丧都不肯。难听的话我就不跟我妈说了，她受不了这些。"她找出一条厚厚的毯子，用来铺垫在竹榻上，我搬过去一堆棉被、抱枕，宽敞的竹榻上立刻被铺满，樟脑丸的味道飘散开来。

"到时对簿公堂，你母亲肯定会知道的吧。"我说。

"我妈本来也不想要，我无所谓，但现在弄得这么难堪，咽不下这口气了，亲戚们也说不要怕他们，有点骑虎难下了。"她失笑道。

转念一想，我问："亲戚们是不是顾虑官司万一输了，会追回所有遗产？"

禹汐缓缓地点了点头，说："是有这种感觉，但一开始谁都没想这么多，他们打来电话兴师问罪，又派律师来说话，兴师动众，让人非常讨厌。连面也没见过，基本上不认识，先结仇了，大家都憋着一口气，死撑下去。我昨晚在外婆家，她那么大年纪，知道这件事后一直在哭，说大外婆命苦什么的，大家都不好回家，只能留下来陪着她。哪里知道半路又发生了一件事，哼！"

我瞅了瞅她，看她恨恨地咬了咬牙，说："那个人，三更半夜喝得酩酊大醉，竟然敢打电话给我！我跟他又不熟，我表妹听见我在手机上跟人吵架，她以为是那国际长途打来骂我的，还不等我解释清楚，亲戚们都信以为真了，这下好了，简直炸开锅了。"

我吃惊地看着她，感到诚惶诚恐，好一会儿才敛声屏气地说："你真沉得住气。"

"所以，过完年之前都不会回去了，我妈过几天会来，"禹汐转而看了我一眼，说，"你要是想留下来，总有地方睡的。"

我干脆地摇头，说："算了。"

夜晚，月亮挂在天上，古运河上的游船悠悠而行，岸边的游人络绎不绝，桥下的游船行过，很多人在清名桥上拍照。

柳条枝飘来荡去，白墙前挂着一串串红灯笼，有人坐在石墩子上发呆，有人沿着运河岸边谈情嬉戏。

禹汐带我去吃了一顿丰盛的晚餐，吃完去喝热饮、吃冰激凌，我一路跟着她走马观花，她太熟悉这里了，足不停步地一路走过。

隐隐约约地，我好似看到一扇鹅黄色的窗户，在幽深幽蓝的千年运河岸边，仿佛是冰冷时间隧道里的一抹暖光，在孤独的旅途中眨了几下眼睛，白墙外的红灯笼变得模糊了，在闪光灯下晕湿了一圈。

人声嘈杂之间，昆曲的音律缭绕地回旋、散落，幽幽的吟唱声。禹汐回头道："走，听昆曲去。"

幽静的村镇里，几点渔火处，人们沉醉地看着台上的角儿一折戏文。

我忽然想起来，近百年之前，北区最大的蒋氏曲院宾客云集，画舫经梁溪河驶入五里湖，画舫上鲜鱼活虾，侍候饮宴。两岸桃红柳绿，一派水墨景色。

穿过人群，我感到几分落寞，唱词那么哀伤，听的人用力鼓掌，不到曲终，情浅，离人。

一尺雪

||||||||||

　　漂亮的东西很难保存，时间久了难免变质，令人失望，索性转眼消失反倒让人怀念。

街巷渐渐冷清了，路上两边干净得有些不习惯，很多店铺早已打烊休息，卷帘门上贴出春节后开门的日期。

一间甜品店里养着一只小猫，入夜后经常能从玻璃门后看到它形单影只的身影，还有食物、水和猫砂。它吃饱后就蜷缩在吊床上睡大觉。店铺布置得花花绿绿，让人错以为是美甲店，小黑板上写着优惠信息，一块五颜六色的留言簿上都是顾客粘上去的精美贴纸，有的画了图案花纹，放着马克杯的长桌上摆放着两个大盆。

那是两盆尚未开花的花盆，一侧的墙上贴着制成标本的干花，暗白的底色，很多人以为是牡丹，边上写着：芍药。店里养着一只三花猫，能"和睦共处"真是奇迹。

越到新春时节，我越是喜欢晚上出去散会儿步，除了24小时便利店、快餐店，整条街都是黑魆魆的，为了将至未至的长假，平日的热闹暂时偃旗息鼓，等着假期的到来。路上的车也渐渐地少了，出门遛狗的人站在寒风中瑟瑟缩缩，毛茸茸的狗儿们"威风凛凛"。

我有些奇怪甜品店竟然还开着，店里站着一对母子在聊天，店员从厨房里拿来打包好的盒子，小男孩笑嘻嘻地说："我也想养只猫。"他母亲看了眼躺在吊床上蜷缩成一团睡觉的猫，说："做完今天的作业才能吃东西。"

"放寒假了呀，过年了！"小男孩愁眉苦脸地说。

"天天只知道玩，吃这个喝那个，作业一天没做过，开学了准备跟班主任说是猫把你作业撕了吗？"

店员低着头，忍住笑。那母亲满脸气恼地说，没注意边上的人，小男孩满脸不舍地回头看了眼正端坐着的猫，它开始梳理身上的毛，意识到正被人盯着看，瞪着圆眼睛与小男孩对看，那母亲忽然笑了，拉着儿子往外走。

反正很多店铺已经关门了，我便在这间甜品店里点了吃的。这时，一对男女走了进来，女的化了精致的妆，一头染成金棕色的长发，坐在座位上时用摄像头审视角度，很快自拍了一张手机照，看了看觉得不满意，环顾四周寻找新角度。

"你上次不是说屏蔽朋友圈再也不发照片，这组都是……昨晚发的？"男子看着手机说。

"昨晚有人请客去吃料理，当然要拍几张。"女孩凑近着对手机屏幕查看口红，从贴身的小包里摸出一支唇膏，补了补色。她走到两盆花盆前取景时，店员抬头看了一眼，很快转过身去拿饮料。男子对同伴招了招手，说："快点吃完，还赶时间呢。"

"你上次说的一尺雪，到底是什么？"女孩看着手机上的自拍问，眼神瞥了他一下。

"一个名字而已，你问过好几次了。"男子苦笑地摊手。

"什么东西的名字？"女孩不依不饶。

"我不记得了，也是从别人那里听来的。"男子起身去接店员递过来的打包袋。

"上次买的花盆到了，在我姐姐家放着，我们一起去把花盆搬回去吧。"女孩说。

"怎么不直接寄到家里？这么重的东西，搬起来摔了不是白辛苦？"他好奇道，推开店门正往外走。女孩整理了下外套，慢悠悠地走在后面，脸上笑吟吟地说："我姐想看看你，一起吃个饭。"

男子走了出去，听不见她答了什么，女孩说："爸妈也知道……不让他们来，说好以后再约时间……你几时出差回来？"

女孩的细高跟鞋踩出了店门，高跟鞋刮擦过的路面上响起格外清晰的脚步声，甜品店里还有他们身上的香水味，一对时髦又会生活的年轻恋人。

我接过店员递过来的纸袋，问："春节后几时开店？"

"春节期间照常营业的，"店员笑了笑，有些疲倦的脸上，眼睑眨了眨，她拿了张目录表给我，"这些是新品，会在春节期间推出，有折扣。"

我接过目录表随手塞进袋子内，推门走了出去。

目录表上一道名为"一尺雪"的套餐引人注目，看照片是类似双皮奶的小点心，撒上色彩缤纷的鲜果丁、红豆作装饰，搭配几个粉白可爱的椰丝球，看起来甜腻动人。我看得跃跃欲试，打算改天去尝尝，难得有家春节期间也营业的小店，在两排冷清的长街上，显得尤为醒目。

大年三十晚上，许多超市已提前关门，我准备去外婆家吃年夜饭前买些小点心过去，猜想着甜品店是否已经打烊。

经过店门时，店里的长桌上放着几个塑料袋，店员忙进忙出在清点东西。我试探地问："开门了吗？"

她笑了笑，整了整帽子："开了，要什么？"

"那个，一尺雪就行。"

她拿起桌上的其中一份："这个是刚做好的，你拿这个吧。"

我付了钱，很满意自己运气不错："大年三十，辛苦啦。"

她微微一笑："年初五之前会早些关门，上午十点以后开门。"

我拎着袋子推门出去搭车，湿湿的风，吹在脸上一片冰凉。树上的叶子都掉光了，遛狗的人匆匆地往家赶，路上公车、出租车也少了许多，整条街不仔细看如同一座空城，仿佛巨大的齿轮缓缓地慢下来，整修、收拾完毕，很快又会重装上阵。

社交主页上铺天盖地的筵席酒桌，年夜饭开始了，饭馆不关门，巨大的玻璃窗后一桌桌热气腾腾的菜肴，店门外横七竖八地停了很多车。找不到停车位的车主咒骂了几句，立即有人说道："大过年的，不要胡说八道！"

以往每到过年，我总要留心提防小孩的划炮，扔得到处都是，当街放爆竹的成年人也是一个接一个，胆小的行人抱着脑袋就跑。这两年不太常见，连买爆竹的地方也不见了。不知是不是算好，安静得有些失落，日子糊里糊涂地过，农历新年也一样。

禹汐发了几张照片在空间上，她和她母亲留在无锡过年，看照片上一桌丰盛的菜肴，大概是在亲友家。

我留言问她几时回来，她飞快地回道：可能要过一阵子，你来玩吧。

"我惦记着你的店铺快点开门呢。"我回道。

"快递不开门，我也继续休息。"她说。

"大概几时开门？"

"总得正月十五以后吧。"

"你是打算去哪儿赏月吗？"

"那就十六以后开门好了。"

我没好气地不回了，她发了两张照片给我："这几盆花怎么样，我去年种的，五月份没回去，花都败光了，还让人给偷摘了去献殷勤。"

"这是……芍药？"我只是想起甜品店里的干花与禹汐的照片有些相似，随口说道。

"你认得？"她打了一连串问号，很好奇被我瞎蒙对了。

我坦白地告诉了她事情的经过，她回道："原来如此……你刚才是说一尺雪吗？"

"是啊，一个甜品的名字。"

"噢，它可不只是一个甜品名，这个花的名字就叫一尺雪，是芍药的异种，花瓣纯白，无须萼，无檀心，洁如羊脂，粉艳雪腴。我在明代文人张岱的书上看到过，看到这里有人种，我也买了花盆来种，普通的芍药种在屋顶上，一尺雪种在阳台上。"

"几时开花？"

"五月。这次的花期我不想错过，托人照料看来还是不行。"

禹汐的身上糅合着让人感到错综复杂的个性，她反感停滞的无聊，却也孜孜不倦地追求着往日的意趣。直到她某次说漏嘴，我才知道她是票友，她不喜欢谈论这些事，尤其反感旁人穷打听，连她母亲问也不行。

"多拍些照片来看，我从没见过'一尺雪'长什么样子。"

"我也不算见过，以前的那几枝只是比较接近，异种很难培植，我不是个称职的园艺师。"

她发了张在阳台上与花盆的自拍，身上穿着厚厚的棉袄，红绿相间的图案，一派春天的气息。

车上很安静，赶着去吃年夜饭的行人专注地看着手机，或是看窗外的街景，天尚未暗下来，像调了灰色颗粒的昏黄色，最后一丝夕阳敛尽了。

木柴堆垛的大木门前，上百枝白色芍药铺展在长木桌上，门口来客的鞋子履舄交错。

　　我看着禹汐主页上忽然更新的这张照片，觉得十分好奇，这显然不是她在无锡住的地方。她说是在乡下做客，来了很多亲友，基本上都是第一次见面，她母亲执意要她一起去吃顿饭。

　　"几时照的？"我问。

　　"大外婆在世时拍的，我在村子里逛了一圈，看人剪了这么多花以为是卖给花店，原来是人家结婚预备的。"

　　"结婚用这么多白化，老人看不惯吧。"

　　"倒还好，夫妻俩在外留学了好几年，婚礼仪式中西合璧。几百枝的芍药里就有几枝是一尺雪，特地修剪成花束给新娘捧着，头上的发饰也是依照一尺雪的造型设计了一个。那天我在村子里兜兜转转就是看人家摆喜酒凑热闹，每张酒席桌上都摆着一大束芍药，好看极了。"

　　"很有想法，家里不反对也很难得。"

　　"新娘是学设计的，从金融转了专业，当时把家里人气得够呛。人的执念有时特别深，即便很多年不上心，突然有一天就不管不顾要重新开始人生了。那场婚礼上，我感觉到那对新人真是欢天喜地，那些亲戚们看到新娘自己设计的马面裙上一朵朵一尺雪的图案，脸上抽了好一会儿筋。我记得除了新娘的口红，没什么是红得让人扎眼的颜色。我倒不是不喜欢红色，总觉得婚礼那天的红，好像血色婚礼。"

　　我听得乐不可支："白色更合适吗？"

好一会儿，禹汐才回道："白色很复杂，纯洁、神圣、冷漠、神经质、孤僻、冷傲……是一种很不可测的颜色，就像婚姻，谁都不知道会有什么发生。"

我整理完一堆废纸准备扔掉，甜品店的目录表掉了出来，琢磨着这会儿出去店门应该开着，赶紧收拾出门。

禹汐知道我要出门，鬼头鬼脑地问："你是去吃甜品一尺雪吗？"

"实在是又嘴馋了，我观察过几次，买的人不少，不是噱头，也不是我口味变了。那朵花的标本制作得很漂亮，店里有一本厚厚的标本花册。有人喜欢写日记，有人喜欢制作标本……养花。"我小心翼翼地说。

禹汐沉默了一下："要是像你说的这样，等我回来也去吃。"

三花猫转悠在自行车下寻找同伴，一会儿跑去关着店门的商铺前晒太阳，悠闲地看着过往路人。小家伙长得很快，几天不见，壮实了不少，也可能春节期间，伙食比往常丰盛多了。

还没走到店门，一条人影陡然从我面前急速冲了过去，我吃了一惊，险些撞了上去。那男子看着有些眼熟，穿着黑色的长款羽绒服，脚上一双色彩醒目的休闲鞋，还没走到马路中间，一辆出租车恰好停在他身前。车上伸出一只涂了粉色指甲油的手冲他招了招，男子立刻坐上后座，车很快开走了。

我走进甜品店时，店员女孩正在扫地，长桌上有一摊泥。那两盆芍药不见了，畚箕里有成片的碎瓷。要是在进门前看到，也许我会改天再去，眼下看得清楚分明，反倒不好意思直接往外走。

店员回头一看，皱着的眉头似乎轻松了些，几下打扫干净，问："要点什么？"

"那个，一尺雪有吗？"我下意识地瞄了眼挂在墙上的标本花。

"有的，稍等一下。"店员回到厨房去忙了。

墙上的标本花下标明了花的品种，三个笔力较浅的字写着：一尺雪。不知是制作手艺还是时间的缘故，禹汐口中的"花瓣纯白、洁如羊脂"泛起了枯黄的色泽。

店员拿出装好的袋子，我打开纸袋看了看，盒子上贴着花瓣的图案，粉艳雪腴，煞是诱人。

"那个标本是我以前种的一株芍药，颜色、形状十分特殊，听一个识花的朋友说是芍药中的异种，叫'一尺雪'。花无百日红，趁着还没有凋零，我摘了下来制成标本，手艺不到家，保存不了多久。"店员幽幽地说。

"漂亮的东西很难保存，时间久了难免变质，令人失望，索性转眼消失反倒让人怀念。"

三花猫坐在店门口，店里没有来客时，店员靠在柜台的一角陪着猫一起晒太阳。

我不禁回头看了一眼，一人一猫，冬日的寒风凛冽，午后的阳光依然明媚而耀眼。

一尺雪

林涧山寺的钟声

‖‖‖‖‖‖‖‖‖‖‖

　　我回头看禹汐时，只见她踟蹰不前，仿佛在寻找什么，我猜想是她曾听到过的那个钟鸣声。

透迤向上的台阶，仿佛是通往天堂之路。

禹汐走在前面，偶尔回头看我一眼，我牢牢地抓着把杆，说什么也不放开。

"要不要休息一会儿？"她问。

"就快到了，上面是寺庙吗？"我忍住没有往回看，努力看清顶上疑似寺庙的一角。

"是日上山庄，露营地帐篷就在那儿租，你觉得怎么样？"她带了一部分露营用品，尽量拣轻便的背负。为了晚上的繁星、银河，她做了不少准备。

"决定露营了啊？"我心里没底地问，听上去不错，但还是有现实的问题需要考虑。

"一个晚上，体验一下。"禹汐轻轻一笑。

"当然、当然。"我随口应道。三清山的行程只安排了两天，这些时日她四处游走，碰上周末便问我去不去，我很好奇她几时回来照顾小店重新开张，她却一点儿也不着急。

禹汐有时任性，但很少冲动地去做事，我心想她是在忙什么事，或者是在做新的规划。

晨曦载曜，潮湿的空气，阳光微弱。我提前一天搭火车赶去和禹汐见面，她订好了去三清山的门票，露营还是预订酒店我和她在途中也在争论，她在说服别人这件事上很有天赋，譬如带了很多好吃的，大多是她亲手做的。

"露营地还有几个朋友，他们晚些时候过来，晚上一起聚聚啊。"她把一盒奶酪面包塞在我手里，我便听不清后来她说了什么，只顾撕开包装纸吃，顺便把背包里的饮料摆出来。

周末的游人不少，春天踏青游玩，等着看日出，守着拍夕霞。游人丛中，很偶然地看到几个一身古装服饰的男孩女孩在拍照，周围不少人好奇地驻足观望，他们一行人拍了几张就迅速撤走。

"服饰配色蛮好看，妆容也好看。"我说。

"里面有个女孩我以前见过一次，是学造型设计的。"禹汐望了眼那群人刚才站的地方。

"挺巧的。"我看了看时间，阳光开在云雾后，遥望花岗岩的山体，云雾在苍翠的古樟树之间缭绕蹁跹。古画的景象栩栩如生，对古人诗词笔墨里的意境也仿佛有了几分了解。

"你想去热门的几个观景点拍照吗？时间很充足。"她说。

"不、不，哪儿风景好，就在那儿多待一会儿，不用特意赶景点。"

急行军式的旅行让人深恶痛绝，一路赶下来，不仅吃不好睡不好，还要气愤半天。我说："自由自在地玩就好。"

因为天气的缘故，云雾迷蒙，淅沥地飘着毛毛雨，三清山宛如披上了纱衣，朦朦胧胧。

我深深地吸了口山上的清新空气，坐在一块石头上拍照，角度好的取景位置站满了人。禹汐拿了罐饮料悠闲地喝了起来，她几年前来过三清山，住的是山脚下的酒店，这次决定要体验一下露营。

"刚交往的情侣在露营地过一晚，保准分手吧。"我忽然想到。

她听了直摇头，没好气地白了我一眼，道："我带了床垫，看这天气晚上会比较潮湿。"

我很好奇她带了什么样的床垫，因为要爬山，我俩的行李都是背包，除了必需品，连吃的也尽可能地少带。身上背着贵重相机的游客有的就住在一线天客栈，到玉台看日出很方便，起个大早等日出，等了半天，依旧云雾弥漫，细雨霏霏，不停下来的样子。

建在山崖的木栈道上，游人纷纷穿上随身携带的雨衣，或透明或彩色的雨衣在山崖边上飞舞。游人比刚才少了许多，日出是看不到了，走在细雨中的人一边仔细地保护镜头，一边不忘给自己再补几张自拍。

禹汐出神地望着山林之间，说道："你听到钟声了吗？"

我侧耳倾听，喧杂的风景区，此起彼落的呵斥声，像在闹市中心的百货商店，格外熟悉，唯独听不见钟鸣声。我缓缓地摇了摇头，问："从哪儿传来的？"

禹汐皱着眉细听，最后失望地摇摇头，说："听不清了，已经消失了。"

"三清山是道教名山，钟鸣声应该不少吧。"

"嗯，等雨停了，我们去三清宫看看。"

云层飘逸翻滚，山峦青黛起伏。那群古装年轻人不知何时又返了回来，几个女孩找出纸巾轻轻揩拭脸上的雨水，两个男孩抱着相机，不时看向青灰的天空。

这时，其中一个女孩唤了声："禹汐吗？"

禹汐回过神来，转头望去，笑着道："是你呀，好巧。"

"我刚才就在想是不是你，前两天听说你在景德镇，是今天回来的吗？"女孩笑吟吟地走过来，她脸上的妆容有些化开，黑色的眼线拉长了眼角，眼神变得迷离不定，尚有细雨飘落在她的脸颊上，倒是说不出的润泽。

"我可以给你拍张照吗？"我实在没忍住地说。

禹汐眼神古怪地瞅了我一眼，我不睬她，只管等着人家答应。那女孩乐不可支，一点头，摆了个可爱的造型。

"我回头就发给你。"我把手机上的照片给那女孩看，她看着也很满意，对同行的男孩说："这张照片待会儿一起修一下啦。"

那男孩凑上来瞧了一眼，撇撇嘴，有些嫌弃地说："像素不高，修出来的照片细节不好看。"

女孩瞪了瞪眼："怎么会不好看，怎么可能！"

那男孩眼看说错话，赶紧说："我不是那个意思，我是说……说……"他搔了搔头，目光转向同伴求救，同伴们忙着从背包里找东西吃，没人搭理他。

"说啥说！"女孩佯装生气，偷偷冲同伴们眨眨眼睛。

最终，那男孩投降了："我修，修还不行嘛。"

目的达到后，女孩立即见好就收，拉着禹汐说话："你们晚上住哪儿？我们订了宾馆，东西很多，还要换不同的衣服拍照。"

"我们租了帐篷，晚上还有几个朋友，要是不忙的话，你们也来玩吧。"

女孩立刻高兴地笑了起来："上回和你一起听戏还是很久以前了，你几时有空来苏州，我现在搬了新地方，你要来找我玩啊。"

禹汐应允她过些时日便去苏州，两人聊起过往看戏听曲的事，旁人静静地听着。

那女孩叫夏娜，在一家创意设计工作室工作，闲暇时喜欢和几个志同道合的好友设计古装，她和禹汐都是票友。

夏娜与同伴们接着去西海岸取景，禹汐与我去阳光海岸景区，之后一路去三清宫。于是，约了晚上再聚之后，便暂时分道而走。

灯前细雨，幽幽的清歌。

露营地的帐篷亮起了几只手电筒，夏娜不知从哪儿借来了两个，问起来，她说一对原本打算露营的朋友决定投宿宾馆，便顺手借来。

禹汐的朋友耽搁在路上，几个人自驾游突然遇到爆胎，眼下住在景德镇。

计划总是赶不上变化，夏娜的同伴们在宾馆里打牌、喝酒，喝得有些大了，差不多快断片儿了，闹着要找地方唱歌，一喝酒就歌瘾发作。惹得隔壁房间的住客以为来了群疯子，很紧张地在门口张望几眼，夏娜说她丢不起这个脸，赶紧抱着梳洗用品和厚外套赶到露营地。

夏娜说得愁眉苦脸，禹汐听得哈哈大笑，眼泪都快笑出来了，我很感兴趣地等夏娜继续说，一边看看帐篷外的天气。

黑云，春多雨水。整个傍晚时停时歇，星空是别想看了。

细雨飘飘，下了一会儿渐渐停了。禹汐在背包里翻找什么东西，扔了包牛肉干给我，夏娜马上凑过来："你听曲儿吗？"

"哪一类的？"我问。

"戏曲类的。"

"评弹算不算？"我忽然想到每天傍晚邻居家开得很响的评弹声，在一片烧菜、杯盘声中有种莫名的喜气。禹汐这时瞄了我一眼，我心虚得就当没看见。

"你听评弹？"夏娜睁大了一下眼睛，诧异地打量了我一会儿，又说，"你在哪儿听？"

"在收音机上听，"我硬着头皮道，"小时候跟着外婆生活，养成的习惯。"

"你来苏州玩一定要找我，苏州有好多地方听评弹，我现在总是东奔西跑听得少了，你来的话我们一起去。"夏娜笑道。

禹汐狐疑地看着我，我干脆背对着她，只对夏娜说："过段时间就去，春天踏青郊游，听曲赏景，我最积极了。"

"一言为定啦，苏州单是城区就有三十多处听评弹的地方，我基本上都去过，光裕书场比较有名，人也不少，后来都去别处听。你就不用在……"夏娜顿了顿，道，"现在还有收音机？"

我当然不会说是蹭别人的收音机听一耳朵，脊背上忽而感到一阵发凉，我可不想去看禹汐这时古怪的表情。我说："禹汐去苏州的时候，找也去的。"

"就这么愉快地决定了。"夏娜笑道。

次日一早，夏娜与我们约定在苏州见面的时间，收拾完便要去跟同伴准备开工，她看起来神采奕奕，一路向着宾馆的方向跑去。

"你的朋友真是与众不同啊。"我说。

"像二次元裂开时被人一脚踹出来的。"禹汐笑道。

"就是你踢的吧。"

"收拾东西，准备上路。"

禹汐随即开始收拾帐篷，我将吃剩下的干粮塞进背包，听她指挥调度。我说："雨下了大半夜，什么夜景都没看到，太遗憾了。"

"没准下回来就看见了。我第一次来这里时，刚从索道下来，一场大雨浇得我浑身湿透，我穿着湿漉漉的衣服到处拍照，对着镜头强颜欢笑。"

"真不容易啊。"

"不容易什么？"

"你也有强颜欢笑的时候。"

禹汐扑哧一笑，说："那次是公司活动，也不知道哪根神经抽了，一大群人跑来三清山参加公司培训。住宿是不错，白天玩了一整天，晚上还要在酒店的会议室里开会。"

"我以为你会因此留下心理阴影了。"

"哦，我还是比较想得开的，既然公司旅行是这样的，那我自己来玩一定要换一种风格。"

我钦佩地对她点点头，禹汐忽然表情迟疑了一下，缓缓道："有次我一个人来这儿玩，耳边总是能听到山上传来的钟鸣声，无论走到哪儿都能听见。那时，我感到心里很平静，好像走在低谷的人，听到远方传来的人声，知道自己不是一个人走在荒芜之中，那样的人声能把人从低谷拽回来，回到现实中，让人宽慰。"

清晨的空气潮湿，温润，甜丝丝的。

禹汐换上长款的棉袍，长及脚踝，一条深色的围巾缠在脖子上。山上还是很冷，我加了件卫衣，用围巾裹住脖子。露营地里的一夜虽不及宾馆舒坦、温暖，却是难得的体验和自由自在，在山路上走了一会儿，热得把围巾解开了些。我回头看禹汐时，只见她踟蹰不前，仿佛在寻找什么，我猜想是她曾听到过的那个钟鸣声。

"你知道吗，那家甜品店关门了。"

"突然关了？"

我点点头，下山的路上，沿途的风景美到令人窒息，好几次站在木栈道上出神地看着，触不到的云雾在面前悠然浮动，情愿雨天不停，若隐若现的山树，面目模糊的游人。看不清，不必看得那么清晰，倒也好。

"有天晚上经过时，看到店员双眼通红，她坐在柜台后，我刚想进去点东西，立刻退了出去。一转眼，一个男子走了进去，不知说了什么，那店员把他赶了出去。这个男的来过甜品店几次，带着女朋友一起，一对穿得很时髦的情侣。"

"我看见过一次，"禹汐忽然说，"那时甜品店刚开张，男的姓周，经常光顾甜品店，他和店员很熟，好像是交往过的，分手时送了她一株'一尺雪'。"

"原来是这样啊。"我有些意外。

"说不清为什么分开，于是一个继续下一段感情，一个还想要挽回。"

春寒没个遮拦，山风吹过，林涧碧绿茂盛。想起清晨用溪水匆匆洗脸，凉得沁人心脾。

远山阴影重重，拿着手杖的步行族轻快地走到前面去，我拍了张模糊的远景，觉得还不错。

"与君相逢处，不道春光暮。"她轻声说。

"谁写的？"

"拗相公王安石。"

"拗得很可爱。"

山涧吞风吐雾，处处春山翠重。

我听她说着昆曲，似懂非懂，她笑了笑："烧香游玩，爱听梨园。小时候为了跟着外婆到处玩，假装喜欢看戏。亲戚里有人就数落外婆，终日游山玩水。我就帮腔着顶回去，每次外婆出门，我都要跟她一起，花晨月夕，姹紫嫣红。外婆比那些整天争吵不休的闲人们过得开心得多，有时候我深有感触，能把日子过成什么样的人，很大程度上决定了一个人的一生。我羡慕自得其乐的人，他们看起来无忧无虑，其实却看尽人性，不如随缘自处。"

快走到山下时，禹汐接到朋友打来的电话，确认了见面的位置，她说："走吧，晚上吃顿好的。"

"嗯。"我抓紧跟上，那一瞬间，仿佛听到林涧传来一阵悠远的钟鸣声。

春色翠如葱，云涌翩翩。

赶往约定地点前，我和禹汐不觉回头望了一眼，便又匆匆赶路去了。

龙焙茶

||||||||||

即便给我机会重新来过，我也不愿意。

　　"即便给我机会重新来过，我也不愿意。我绝不相信存在什么更好的人生，好坏都是我自己的。"小宛端起茶盅抿了一口，"你喜欢喝茶吗？"

　　"在家我用马克杯喝普洱茶，"我看了看茶盅上的精美花纹，"茶杯真好看，是珐琅瓷的？"

　　小宛点点头："本来想用紫砂壶，打开盒子发现被我爸打碎了两个，连茶壶也有裂痕。他把别人寄养在家的哈士奇愣是给要过来自己养，每次回家都觉得快拆迁了。"

　　"人家倒舍得？"我笑道。

　　"那家人已经有两只了，所以就把小哈士奇给他了。"小宛叹息道，"这套珐琅瓷是旅行时买的，那时我去庐山、景德镇玩，回到家发觉恰好买了一套茶具和茶叶，买的时候根本没想过，平时一个劲地喝碳酸饮料、奶茶，哪里有半点闲情雅致，连叫个外卖也是油炸或麻辣。人的想法真的会有很大变化，没有回忆和比较，就不容易发觉，要是有一天回过头来看看，简直无法相信自己以前是这样的。"

　　小宛的房间收拾得一尘不染，书桌上放着两本翻开的，繁体竖排的古籍，并且上面仔细地做了笔记。几年前，我第一次来她家玩，她的床头柜上都是动漫周边，包括价格不菲的手办，衣橱里挂满了动漫服饰。她每年至少去一次日本、韩国追星，热播剧里有的，很快就会从她身上体现出来。这次见面，她变了许多。

　　"人的想法会有天差地别的变化，要是没有记录的空间、文字，总觉得是一场梦，不知怎么就走到了这里。"我说。

　　小宛点了点头，她有阵子喜欢看秦淮文化方面的书，将她主页上的名字改为"小宛"，一个好友打趣道："结界破了。"从那以后，无论头像、空间风格如何变化，她的这个名字都一直持续至今。

　　"我在庐山喝茶那回，听说煮茶的水是谷帘珍泉。陆羽《茶经》里写过，庐山谷帘水居第一。我还想，哪里来那么多道理，不就是喝个茶嘛，费这么大劲地穷讲究。有一天我厌倦了喝那些总是甜腻的饮料，就像厌倦那些甜腻的爱情故事，不为什么，就是再也提不起劲像从前那样了。上完一天的班，泡吧、聚会越来越没劲，从前的朋友也各自有了新的生活方式。我想一个人待着，忙点自己的事的时候更多，忽然想起来曾经购物狂时期囤的一堆有用没用的东西。"她的指尖摸着珐琅瓷茶杯的纹路，细致的勾画，说，"命中注定是存在的，当时怎么会想到有一天会享受安静，自得其乐的生活。"

　　叮叮，窗户上挂着的八角风铃发出清脆的声音，天蓝色的饰片，这是她照着步骤图亲手制作的。她父母不太喜欢，听着很烦，认为这些会招来不祥之事。

"你的动漫大橱柜后来怎么样了？"我说，从走进她家后便一直很好奇，我不太相信她舍得都扔掉。

她用脚上的毛绒拖鞋轻踢了下床脚："床底下原本是空的，我不喜欢床底下这么空，总觉得有什么东西会突然钻出来。收拾完橱柜里的所有东西后，全部被塞在了床底下。"

"能塞得下吗？"

"当然不能，能塞得下的只是一部分。已经不喜欢的放在网上卖掉，剩下的送人。留这些足够了，不需要太多无记忆意义的痕迹。"

小宛出过一次车祸，在医院里躺了大半年，伤疤已经不太明显，走路时有些跛脚。她走得慢悠悠的，柜子里的一双双细高跟鞋都被收了起来，鞋架上摆着几双板鞋。从前总是怕晒黑的她，现在喜欢上了户外运动，慢跑就是其中之一。

"你上次说要搬去哪儿？"我问。

"结婚后搬去他家住，他父母都在国外，也许过两年我也会和他一起去，他最近刚换了工作。"小宛理了理毛衣的衣袖，将凉了一半的茶盅搁置在书桌上。

"你爸妈答应了？"我轻声问。

小宛的男友是个比她小大约六岁的男生，她在公司升到主管的职位时，男生刚毕业进公司实习。男生长得颇有几分动漫人物的气质，皮肤白皙，眼神清澈明亮，从念书时起身边就有一群迷恋他的女生，公司大楼下偶尔也能看到开着车来等他下班的私家车。小宛从一开始就知道，只是没想到有一天她会和他认真交往，甚至谈婚论嫁。她母亲起先也很反对，在见过男生本人后，小宛母亲对他有了几分改观，男生长得清秀惹人喜欢，有一阵子家里的反对声小了些。但过了一阵子，不知为了什么事，小宛的父母坚决要她和男生分手，她母亲语重心长地对她说："这么漂亮的人，不会只是你一个人的。"

那段时间，小宛换了新工作，起因是被同事们背后议论这段办公室恋情，她与那男生商量过后，她决定辞职另寻工作。新工作经常要出差，两人只能在视频上聊会儿天，没有了朝夕相处的环境，她得不时忍住猜想的念头，她母亲的话像一个小怪人，趁她不备之时便要出来作怪。

"只是嘴上不说罢了，我妈是担心我以后不嫁人了，她在亲戚面前会更加抬不起头来。我以前很难理解为什么自己活得那么不开心，还拼了命地逼别人也去走这条路。遇到曹捷时，是有那么一刻，我相信为了喜欢的人可以妥协、改变。可惜，人的想法不是停留不变的，我不想过那种生活，不想被拿去在亲戚们面前炫耀，何况现在的我，哪儿还有什么资本来炫耀。"小宛沉闷地说。

"别这么妄自菲薄。"我说。

小宛重新沏了一壶茶，茶盘上很快被清理干净，她从茶罐里取出团茶，小小的一个个："有个朋友家里做茶叶生意，跟我说这个龙焙茶在古代是运去京城的贡品，苏东坡的一首《西江月》：龙焙今年绝品，谷帘自古珍泉。朋友在家里自制自饮，送了我一些，我就收在罐子里，有些舍不得喝，又觉得可能会失望。"

茶盅里的茶水上浮着细沫，鹅黄色的茶水，暗黄无光的茶盏，茶色尤显清透。

我一口饮尽，如清泉在喉间淌过，茶香幽幽。不懂品茗的人，我只能说出："好喝、好喝，比我家的茶好喝。"

小宛笑了起来："名贵的茶叶不少，对口味的不多，有的人喝个名贵，有的人单为解渴。"

"你呢？"我看了看她。

"我想两者折中，不必那么极致，凡是到了极致的地步，也差不多该到头了。"她缓缓地说。这时，她的手机响了，她"嗯"了几声，挂断电话后说："一起吃个饭好吗？"

"就我跟你吗？"我问。

"曹捷一会儿下班过来，餐厅就在楼下，味道不错。"她说道。

我点了点头："好啊。"

一身西装革履的曹捷看上去比他实际年龄要成熟，他微微一笑，走在小宛的一侧。大约是在职场摸爬滚打了几年，小宛口中的动漫人物的外形，在他身上体现得并不多，一双眼睛如深蓝的海洋，每当小宛说话时，他便专注地看着她，她眉目间的喜悦，宛如徘徊游荡在蓝色的大海。

饭罢，曹捷被一通电话叫走，他似乎有些什么急事，小宛叮嘱他路上小心，便催他快回去。他一脸抱歉地说："明天来看你。"小宛笑了笑，目送他离去。

恋人之间的相处方式，外人永远看不真切，有些事即便看明白了，也不要着急点破。大多数人并不笨，却很难找到一个肯和你配戏的人。

小宛与我有一搭没一搭地聊着，她说最近喜欢喝红丝绒拿铁，向来很少喝咖啡的她经人指点，差不多已经学会了。

"好喝吗？"我喝几口咖啡就容易睡不着，因此哪种咖啡都不轻易喝。

"外观很好看，我就是喜欢漂亮的事物，这一点怎么都改不了。"她说。

"谁都喜欢漂亮美好的事物，人的内心总是朝着希望迈进，无论表现出来的是抗拒或是鄙弃，人的天性如此。"

"肤浅也是天性吗？"

我怔了怔："要是生活得快乐、自由自在，用痛苦来表现深刻是必需的吗？"

"所以你认为一个人只要快乐地生活，其他没必要知道太多？"她尖锐地说。

"我不认为生活快乐的人不知道疾苦，相反，能懂得这其中底线的人很难得。"我轻声说。

"跟他一起去好吗？"她喃喃自语。

"放心不下家里？"我问。

"我爸妈没说什么，过两年也想接他们一起去，本来是这么打算的，但现在又不行了，他们要一直留在这里。"小宛沉闷地说着，从口袋里拿出钥匙，说道，"爸妈那边有太多事了。"

"嗯。"我把手上的纸袋给她，便告辞回家了。

在小宛家喝过龙焙茶后，我留意了下这种茶叶的购买方式，无奈未果。于是，我还是用马克杯喝着普通茶叶，偶尔看到小宛更新她的空间照，不由得心生羡慕。

小宛生日前几天，她约了我去她家，她生日那天陪同男友曹捷去日本出差，问我想带什么。我问："龙焙茶可好？"她笑了起来："已经喝完了，我母亲用来招待客人，一次就用光了。"

"啊，好可惜。"我说。

"等我朋友回来，我去问问。"她说。

不知从几时起，当物资变得不再像从前那般匮乏，追逐极致便成了日常生活的一部分。小宛有时会担心地说："太疯狂了。"她手上拿着长长的购物单，都是亲友拜托她买的。

"担心行李超重吗？"我问。

"不是，"她忽然一笑，"只是想到我以前也这样，买了很多并不需要的东西，直到过期都没拆过包装。琳琅满目的东西是很能慰藉人的，囤着有一天再用，等着有需要时再找出来，但实在太多了，丢在库存里就算消失了。每次看到，焦虑着要在保质期前解决，又拼命补充新品，我以前就喜欢这么过日子，谁来劝我，我都把他堵回去。"

"我以前也这样，最喜欢把添满的购物车一次清空，才算清静了。"我说。

"啊，"小宛笑了起来，"很减压啊。"忽然，她走到窗口望了眼楼下，"我爸妈可能不会跟我去了。"

"这么快就决定了？"我感到有些惊讶。

"亲戚那边有人透漏给两家老人，然后闹了很久。我爸这边还好，他是独子，家里几个姐妹都让着他，爷爷奶奶没说什么。我妈那边比较麻烦，我有两个舅舅，一年也不回家里一次，外婆外公由我妈和姨妈两人照顾，我妈跟着我去国外，剩下我姨妈一个人照顾，就是贴再多钱也不开心，舅舅们是指望不上的。本来是不着急这件事的，姨夫和表妹在外婆家说，让外婆听到了，认定她是被儿女们嫌弃，一个都指望不上，连两个舅舅的事也拿来说，又哭又笑。周围邻居以为发生了什么大事，跑过来帮倒忙地劝，整个周末我只觉得耳边闹哄哄的一团，过得头昏脑涨。"小宛坐在茶桌前，水快开了，她摆好茶具，瓷盘里装着糕点和小饼干。

"已经决定了？"我问。

"差不多吧，我母亲没办法只能哄着二老这么说，我姨妈在边上说我'你以后回来要对你爸妈好噢。'亲戚间的那些钩心斗角，只有体验过才懂得有多厉害。他们不会希望你过得太好，毕竟都是差不多的人，突然间你过得好了，反而让他们感到难堪。当然也不能过得太差，跟比自己差的人有亲戚关系，总觉得很没面子。"她喟然一叹，摇了摇头。

我喝了口煮好的茶，觉得口感不错："这是新的龙焙茶？"

"混了些别的茶叶，口感上有些不太一样，我喝着还行，你觉得呢？"她抿了一小口。

"跟我每次喝新买的普洱茶一样，品种、口感都有差别，尝试一遍之后就知道最喜欢哪种了。只是喝茶跟品美食不同，许多差别十分细微，且不容易记住。我是外行，喝茶也总是喝碳酸类的，所以不大在意。对行家来说，细微之处甚于云泥之别。"我说。

小宛笑着放下茶盅："石鏏飞泉冰齿牙，一杯龙焙雪生花。古人品茗的范儿，即使能完全复制过来，也难懂其中意境。我们只能照着自己的心境去看待或解释，有时候想想，这就是一种生活方式，放弃一些不必要的，减去一些无谓的消耗，专注于一件事也不错。"

"你真的变了好多啊。"我不由得说。

"我也感觉到了，"小宛点点头，"以前把太多精力放在各种事情上，一分钟不看手机都不行，不是在去聚会的路上就是在敲定下一个聚会时间。你见过我以前的行程表吗？"

我想了想，说："工作上的？"

"我有两本，一本用来记录工作上的各种事项，另一本是私人日程表，排满各种聚餐、约会，只要看到密集的行程，我就会暂时觉得很安心。直到那天……"她看了看珐琅瓷茶壶，苦笑着。

"现在这些都过去了，你不仅熬了过去，还找到了更满意的工作。"我说。

小宛将茶盅放在茶盘上："是的，熬过去就好。"

梅花书屋

||||||||||||

　　一个人守着那么一大房间的书，很沉重啊，那已经不单单是书，是所有那些消逝的人事的凭证。

福康店重新开张了，禹汐满载而归。

我老远就看到她扛着大包小包的身影，决定先确认清楚再跑上去相认。她一转眼看到了我，高呼出声："快来搬东西，我快累死在路上了。"

"带好吃的给我了吗？"我狐疑地等着她快点拆开箱子，经过两人合力，把最大的一箱搬进了店铺。禹汐母亲在里屋瞄了一眼，拿了个小包一脚跨出去，说："我出去一会儿，晚饭后回来。"

我感觉眼前一黑，转而看到禹汐表情凝固地看着她母亲走出店铺。过了好一会儿，我问："中饭也不回来吃？"她咬了咬牙："现在叫外卖，需要很长时间吗？"

"很难说需要等多久，你看天气也不是很好，又快吃午饭了，起码等两个小时以上吧。"我随口瞎扯，等着她告诉我箱子里藏了什么意想不到的好东西。

"哦，那一会儿去冰箱里看看，有什么剩菜就随便吃点吧。"禹汐捧了个小箱子小心地放到桌子上。

我是不愿意煮饭才跑来看看她，一路上想的都是各种美食，竟然这么轻易就被打发了。我抱着一个折了一角的箱子，看不出来里面是什么东西，问："你一路上是怎么回来的？"

"可简单了，朋友开车接力送我回来，每到一个地方招待吃饭，再顺点，东西就越来越多了。他从休息站把我送到家门口，东西我只能自己搬了。"禹汐环顾四周，找到一把折叠刀。

"他是谁啊，好人做到底就帮忙搬下箱子呗？"我明知故问。

禹汐充耳不闻，打开冰箱看了看，说："连剩菜也没有，吃碗白饭怎么样？"

我抱着两个小箱子，上面是一包牛皮纸包裹的东西，较为厚重，猜想是书。我说："太惨了，去我家吃吧。"

"真的？"她回头打量我一眼，"有什么好吃的？"

"买了菜，炒一下就行。"不等我说完，她立马放下手上的事，抓了钥匙就往外走："快走吧，饿死了。"

"那些箱子里都是些什么东西，好玩吗，好吃吗？"我实在忍不住好奇，能让她不辞辛苦地运回来，多半很有趣。

"噢，大多是些老书，我在各地旧书摊上找到的，一些是纪念品，我放了几件在主页上，好几个人问价格，烦死了，这些都是非卖品。有朋友找我筹备书友会，我听了很没兴趣，看书的人不需要刻意的沙龙聚会,人多了都是是非八卦。朋友后来又找了我几次,带我去参加了沙龙,一个很私人化的聚会,只要我去参加就能翻阅朋友的私人收藏。"禹汐在洗着花菜时说。

我听得羡慕不已:"绝版书很多吗?"

"手抄本也有,"她想了想说,"有意思的是,一些人买书是一种习惯,想看哪本就看哪本,对新书的消息很灵敏。另一些人只对某一类型的书感兴趣,熟读自己书架上的书就成。"

"你是哪种?"我笑着问。

"我已经在朝着寻宝的方向迈进了。"她将洗好的辣椒、蒜、生姜和花菜归在一边,"这道干锅花菜看我的手艺吧。"

我将解冻的五花肉切成片,禹汐开了火在锅里翻炒五花肉,接着依次加入浸过盐水、沥干的花菜和其他配料,加生抽、老抽和少许盐翻炒均匀。她带了酒精炉,炒锅放在炉上慢煨收水,直到菜色变得如焦糖色。

菜还没上桌,我已经抽好筷子等着了,禹汐十分认真地闻了下味道,说:"味道应该是可以的。"

一大锅干锅花菜,我冲了碗蛋花汤,两个人吃得很满足。我不失时机地打听:"沙龙里是参加的人聚在一起聊天吗?"

"蜡梅烂开,浮香直入楼际。朋友以前住的地方有很多梅树,她站在窗口边就能闻到梅花香,她家里的藏书有一部分是祖传的,有个草书的匾额是她曾祖父写的,梅花书屋。我认识她好几年才知道她家祖上曾在晚清做过官，家里有个亲戚是庚子赔款的公费留学生。"她说。

"能保留下来太不容易了。"我说。

"祖上分家的时候把藏书也一起分了，留洋的几个人带走了一部分，留下来的人知道保不住，后来又重新花钱去搜罗回来。大部分已经没有了，现在只剩下一个书架，百本左右吧，我看过书单的目录，保存得还不错。"

"这么大费周折，实在难得。"

禹汐去拿了瓶饮料，我继续喝茶。忽然，她说："宁则维送我到家的。"

"我知道。"

"他居然一副很关心我的小店几时开张的样子，不知道在想些什么。"

"可能想让你代收一下东西。"

"网购的充气娃娃吗？"

我差点喷出来一口茶："他已经有这种觉悟了？"

"他自己说的，现在被家人不待见，换了工作又不喜欢，他开始筹备自己的公司了。"

"所以呢？"我看了她一眼。

"他问我有没有兴趣去他公司。"禹汐若无其事地说。

听起来并不意外，我说："你会去吗？"

"还没考虑好，"禹汐一口气喝了半罐饮料，"我跟他一起共事过，属于那种不是一个部门才能相安无事的类型。我去他的公司，他成了我老板，又是曾经的同学，老实说我很难敬畏他，这不是好事啊。不管在员工心目中老板是不是笨蛋，表现出来总归不太好。我很可能忍不住，然后天天闹得鸡犬不宁。"

　　"所以，他才不帮忙搬箱子的吗？"我瞥了她一眼。

　　"那倒不是，他看中了两件东西，一路上都在跟我讨价还价，我没理他。"禹汐说，她下意识地看了看我，"我跟这个人撑死也就是皮笑肉不笑的工作关系，再没有别的什么可能。"

　　我不禁想，大约是不再可能了。要是说时间、年龄能体现一个人的内在修养和气质，十几二十岁时是青春无敌，越往上走，越显出自身的本然。禹汐从未承认过喜欢宁则维，不过也从未否认过，她偶尔会提到这个人，感觉尽管互相看不顺眼，相处方式倒是很"真诚"，实话直说，专挑不堪的说，从不客套浪费时间。宁则维显然也是见惯大场面的人，气消之后，有时会和她讨论工作上的事，只要一方肯放下姿态，另一方也会默契地配合。

　　"那个，"我犹豫不决地挣扎了一下，还是决定说了，"可以跟你一起去吗？"

　　禹汐转了转眼珠子，佯装惊奇地看了我一眼："去哪儿啊？"

　　"梅花书屋啊。"我说，心里并不抱希望。

　　"我去问问看，"禹汐挑了罐西柚味的饮料，喝了起来，走的时候又抱了几罐不同口味的饮料，"准备好一道甜点。"

借禹汐新买的烤箱，我和她烘烤了两大盒香甜可口的草莓派，一路上捧着去梅花书屋。

她说骑自行车过去最多半个小时，经过花店时买了束鲜花。我因为不会骑车，只好捧着两盒草莓派去搭车，她一转弯便不见了。

梅花书屋的主人住在一套花园公寓里，小区内植满花草树木。大楼前的绿化里残留着粉色花瓣，禹汐说进门的一片区域种了很多樱花树，往里走，有些是海棠、桃花和梅花树。大多已经凋零，风吹树叶唰唰作响。

"我上次来的时候正值梅花花期，天特别冷，又是雪又是雨，我撑着伞从车站走到楼下，那时还在修路，每条路都很难走，不仅鞋子湿透了，身上还沾了好多泥浆。收了伞以后，我发觉伞上有朵梅花，白色的伞，红色的梅花，我一下子就没脾气了。"禹汐在手机上翻了半天，叹了口气，"对了，我忘记换过手机了，照片都在笔记本电脑里。"

梅花书屋的主人姓许，因酷爱梅花，每个人都叫她小梅。客厅、书房的装潢颇为简约，视觉上比实际的空间宽敞得多，一张长沙发摆在靠近窗户的位置，书房在另一侧，背向阳台。老书不易保存，既要防潮，也要小心阳光直射。

禹汐简短地做了下介绍，小梅对我点头微笑，她一身休闲套装，气度从容。小梅很快去招呼刚来的朋友，禹汐小声地对我说："认识一年多后，我才知道她跟我以前公司的老总是亲戚，不过我没告诉她。"

"缘分。"我说。

"她每年有一半的时间待在国外，她的丈夫、孩子都在那边，亲戚很多在国内。"禹汐说。

"另外半年呢？"

"忙着打理各种事务，她以前开玩笑说他们家的亲戚就指望她来联络感情了，一年下来别的不说，好吃好玩的不少，麻烦事也不少。"

我笑了起来："为什么？"

"不管是谁，只要有'亲戚'这种关系存在，麻烦就肯定不会少。"禹汐无奈地说。

小梅的客厅来了六七人，年龄各不相同，每个人都带来了点心。小梅看起来特别高兴，把每个人带来的鲜花都插进花瓶内，然后在桌上摆了一圈，围着桌子吃点心、聊天的人在花丛后时隐时现。

"匾额的框架是后来重新换的，原来的那个被烧坏了，'梅花书屋'四个字的纸又灰又黄，但舍不得扔啊，能重新找回来不知道花了多少力气。我大伯还说，书没了不要紧，这幅字不能没有。"小梅将切好的草莓派分发给大家，她准备了不少饮料和气泡酒。

禹汐喝了一口气泡酒，赞不绝口："口感真好。"

小梅让大家不必拘束，我见禹汐站在一排书架前，忙揩净手去看。

"这几本是民国出版的小说集，那边是外国诗歌类，散文、笔记类的薄薄一册。大多数是专业类的书，哲学、历史、文艺史类。"禹汐说，大多数的书都用透明塑料袋装着。我大致地看了下名目，说："外版文史类的书装帧很精致，又厚又重。"

"我以前在各地出差时搜罗过一些旧书店，旧版的书卖得比新版书贵，版本、印刷和装帧都很美。有时候我很感慨，尽管过去的信息很不发达，书的类型却多种多样。这本《船山遗书》是1933年太平书局出的，只有一本，好可惜。这一套上下两册《青楼韵语》是襟霞阁重刊于1935年的本子。吴梅的这本《顾曲麈谈》很难得，这个版本是商务印书馆1923年再版，可惜最后几张破损难辨，初版是1916年，收这本书的人大概是个票友。"禹汐往左移了几步，小梅拿了一盆水果沙拉过来，笑着听她说。

我见最末的一排上放着几本关于晚清的书籍，保存得很好。禹汐在小梅的示意下小声惊呼了下："这本《蟫庐曲谈》是商务印书馆1928年的版本，《曲律易知》这版更早，1922年？"

小梅笑着点点头："我听祖父说起过一件事，祖上曾出过一个资深票友，因为执意要娶伶人过门，被家里撵了出去，后来索性跟着戏班子四处登台唱戏去了，并且小有名气。他把自己的名字改了，孩子的姓也跟着改了，算是彻底断了来往。家里二老先后去世，他悄悄地跟在送葬队伍后面，穿着孝衣一路哭，分家产的时候他就要了他父亲写的这块'梅花书屋'字幅，找人用上好的木材装裱起来，老家的院子种了很多梅花，他一看到梅花便会想家。"

"他后来怎么样了？"我轻声问。

"他去世的时候才四十出头，最大的儿子刚念大学，家里除了书和字画，没什么值钱的东西。他去世的前几天跟人开玩笑，等他百年以后，家里能卖的都会被卖掉，能剩下的只有他父亲写的这四个字。谁知一语成谶，字画、书和几件古董，找人来估完价都卖了，卖的钱几房一起分了，字幅留给了小儿子，也就是我祖父。"小梅的脸上温文含笑，眼神悠然。

客厅里很安静，听者默默地望一眼小梅。我忽然想起在哪儿读到的一句话：又得此花映带左右，岁事岂不既济矣乎。

梅花凋零，融去岁岁年年之慨，岁末年初，又有新的期待正要到来。

"来、来，你们快尝尝我做的梅花糯米团，里面是豆沙馅的。"小梅打开一个纸盒，依次放在小纸盘上，"味道还不错，不够还有。"

小纸盘上的梅花糯米团精致可爱，禹汐拿了一个，又怕吃不完，商量着跟我分着吃，我奇怪道："你胃口变小了？"

"哪里，还有很多好吃的。"她吃了一小块，似乎很满意。

"一个人守着那么一大房间的书，很沉重啊，那已经不单单是书，是所有那些消逝的人事的凭证。如果不是亲手触摸过，感觉不会这么真实。"

"到了晚上一个人的时候，我会感到精神压力很大。"

回去的路上，禹汐不无羡慕地说。我也对那些孤本恋恋不舍，一想到一个人守着那么多古老的书，就仿佛在时间的无垠中驻守。

　　"她喜欢邀同好去她家里聚会，再好的书，如果只是静静地放在架子上，也等于没有，她希望懂得的人去赏识。"禹汐道。

　　"连书也会寂寞，何况人呀。"

愿我的世界总有一个你

蟹会

||||||||||||

　　如果你爱过一个人，知道爱，
你就会无法容忍劣质的爱。

上山的坡道上，晨练的人穿着一身运动服，背对坡道向山下缓缓倒退着走。

"这是为什么？"我问。

"锻炼腰，对颈椎也有益处。"邱岚说。

几个年轻男女踩着自行车，在上坡道上使劲蹬，最前面的人回头喊："快到山顶了，加油！"

山路的一边开满了花，一簇簇玉兰花探出来，如精致的粉色小杯，兜不住晨露，晨露点点滴滴洒落下来。

"山上还是很冷的，空气真好。"我说。

"早晚比较凉，在山上基本棉衣不离身，晚上睡得早，每天天不亮我就起床。"邱岚说。

"早睡早起太难了，一开手机、电脑，什么都忘了，我也知道不好，浪费了很多时间，却又实在不知道怎么办才好。"

"在山上多住两天吧，难得清静的日子。"

邱岚走在前面，回头看了看下坡路上的人，山麓、山上的游人稀疏地走在坡道两侧，清晨的阳光照在衣服上，暖洋洋的。湿空气里的一丝丝甜味转眼不见，又是一个好天气。

"一年聚不到一次，忙起来哪里想得到。要不是生活环境接近，有些人情过了就算了。"邱岚缓缓地说，"我越来越有感触，人世无常，相聚或分开都是缘分，得到或失去的全是人生。不是因为别人走到今天这一步，而是我总会走到这一步，人到底是要自由的，愤怒和嫉妒也都有出处。"

"无欲无求？"我问。

"怎么可能真的如此呢，欲望能驱动好奇心，无欲无求之人看似'完美'，不也是厌世的槛外人？"

"我以为你……"我笑了笑，没有再说。

"我喜欢清静是一回事，内心仍然只是个饮食男女，有酒有肉很开心，鸟语花香也很好。"邱岚笑着说。

一家民宿外开着一束束石楠花，小小的白花瓣，像鬓边的春日香气。她发髻上的发簪是石楠花型，细巧地勾画出花瓣的惹人怜爱。

"发簪很漂亮。"我说。

"新买的，朋友带了很多款式不一的发簪给我看，我就喜欢这一支。"说时，她不由得摸了下发簪。

"你刚才说有什么好吃的，全是螃蟹来着？"我想问很久了。

"今天吃海鲜粥，有厨子专门烹饪，我以前去潮汕时吃过一次，十分美味。"她说得神采奕奕，让人悠然神往。

花期短暂，才开了的花，树底下一片片凋零的花瓣，落在门前的春泥里。

邱岚对着花瓣拍了张照："春暖花开时，总想多拍几张，用来画画或作头像。梅花开的时候，我剪了几枝插在瓶子里，一天天看着花瓣落满一桌。你住的那间屋子，窗户外能看到垂丝海棠，垂丝别得一风光，早起时看到，真像喝醉了的人的脸颊。"

我将背包放在窗前的书桌上，站在窗口张望，闪烁着紫色花萼的垂丝海棠仿佛伶人头上的凤冠，映衬得天空也染了红。

"每天看着这么好的风景，当然是'从此君王不早朝'了。"我说。

"好吧，"邱岚默默地摇了摇头，"中午吃海鲜砂锅粥，晚上吃蟹。"

我满足地只管点头，只待她来喊我吃饭。

邱岚转去忙别的事了，我拿着手机四处赏花拍照。屋主人大约对海棠情有独钟，有几个人在院子里猜拍到的是哪种花，一个长发女孩说要将西府海棠当手机屏保，她身旁的男同伴看了眼，认为这是贴梗海棠，另一个女生质疑这明明是垂丝海棠，于是几个人争辩了起来。邱岚听到了，从屋里走出来看了眼，说："再往前走几步，那边有我祖父种的木瓜海棠，也都开了。"

争论了一圈也不得要领的几个人，转而去别处拍照，忽而其中一人说："我不管是什么花，只要知道今天有很多好吃的，你说这是食人花我也信。"

众人大笑。

他们几个是相约来农家乐玩的好友，邱岚的祖父母过世后，老家这边的房子专门用来修建成民宿。通过朋友介绍，我计划去邱岚打理的民宿待两天，从火车站搭小巴到山麓下，她到汽车站来接我，一路陪我走上山去。

山上修建了豪华酒店，一到暑期便预订爆满，周末、假期的游人亦不少。她曾说鱼米之乡，风景秀丽的去处不少，能否长久经营下去才是关键，游人来来去去，没准哪天便不再有兴趣了。她父母和哥哥一同打理这间民宿，自从她哥哥结婚以后，民宿主要由她哥嫂负责，那时她在外企上班，经常到东南亚等地出差，一年只在年底回家几天。父母年事已高，渐渐力不从心，每次通电话都问起她几时辞职回家，她没有结婚，也没有带交往对象给家人看过，她父母急得赶去她生活的城市催她。

朋友说起这件事时深感恼火，哪能让人照着别人的意愿而活，即便是家人也不行。今日见到邱岚，我总觉得她是有自己打算的，可能还不便说出来。

厨房的灶台上有一大碗腌制的冬菜，用来添加砂锅粥的味道。新鲜的蟹有很多膏，虾肉很紧致，一个个小生蚝洗了很久，邱岚仔细地挑出碎壳，她对站在厨房门口努力吞口水的一群人说："中午吃得随意些，晚上吃得好些。"

"对我来说，中午这一顿已经很无憾了。"一人说道。

邱岚笑了笑，指着灶台前的厨子，说："他在潮汕待过两年，这道砂锅粥还是可以期待一下的。"

我原以为那厨子是她的哥哥，看见他无奈耸肩的样子，又忽然改变了想法，他明明目光含情脉脉。

饭罢，那群人有各自结伴出去游玩的，也有坐在阳台上静静欣赏风景的。

我搜索了一下网络信号，现在无论去哪儿，都要一刻不停地刷着各种信息，有时看书也难以静下心来。原以为上山后，情况会有所好转，恐怕也是因人而异。

楼下一个女孩拿着手机正对着一只懒洋洋的白猫拍照，那猫儿架子很大，不屑地转过脸去，在一树垂丝海棠花瓣下踩了几脚，转眼消失不见了。

这时，一个男子走近了她几步，两人相视一笑，男子说："我帮你拍？"

"好啊，"女孩把手机给他，说，"要这个滤镜，看好是这个。"

男子笑了起来："好。"

女孩在树下转悠了一圈，男子亦步亦趋听凭她使唤，每拍一张，女孩立马跳过去查看，不满意的直接删掉，绝不留下证据。

"她这次号召大家来山上玩，真的就是吃吃喝喝？"女孩忽然问。

"一直都说去吃海鲜，这次总算凑齐了人数。"男子说。

"我看不见得，吃海鲜去舟山呀，跑来湖州山上吃海鲜？"女孩笑了起来，"我地理不好，但也知道山上是不产海鲜的。"

"不是农家乐吗？除了海鲜以外还有别的，我看这里的土鸡不错，晚上有水晶鸡吃。"

"看看你，口水都流出来了。"

男子不以为意地笑着，女孩靠在一棵海棠树下，染成巧克力色的秀发又长又直，厚厚的长发在树下十分惹人注目，化了淡妆的脸白皙如瓷，她拿着小镜头重新查看了下妆容，摸出一支口红补了下色，对着镜头说："拍吧。"

我收拾下书桌，看到窗下葱茏的小野花煞是可爱，开在石头缝里，生命力很顽强。拍照的那两个人走去屋侧的小径，一片片绿意浓浓的山涧小路，因为走的人少，石径小路逶迤幽深，越往深处走，越难分辨路径。

邱岚说林子里虫子多，若要去拍照得当心被虫子叮咬。

天色尚早，几乎住满了的民宿内静悄悄的。邱岚的父母去绍兴亲戚家做客了，除了住客以外，便只见到她和那位厨师在打理。

"这里就她一个人打理吗？"那女孩拿着手机坐在院子里，男子坐在她身旁陪着。

"还有她哥嫂。"他道。

"怎么不见人？"

"她嫂子有身孕，去医院检查身体了，晚上就回来。"

"厨房那个是她男朋友？"

"应该是吧。"

"哦，那我听说的那件事应该不是真的。"女孩大约修完了一张图，感到很满意，把手机拿近给他看，他笑了笑，没接话。她接着又说："这么赶过来，好像太隆重了。"

"你在说什么？"男子终于没忍住地问。

"原来你完全不知道啊，邱岚是因为一件事才辞职回家的，她以前的一个交往对象是人家的未婚夫，后来事情闹大了，她就主动辞职了。"

"你从哪里知道的？"男子道。

"薛佳杰可不单单是为了美食而来的，他姐不便出面，他才跑来看看。"

"你在说什么？"

两个人你看我，我瞪你。终于，女孩失望地摇头："薛佳杰的亲姐姐有个未婚夫，本来去年张罗着要结婚，后来出了件事，一拖再拖。他为了婚礼还特地定做了礼服，上个月还开玩笑说他姐再不举行婚礼，他的那套礼服就穿不下了。他姐可能也等得不耐烦了，让薛佳杰来打探情况。邱岚就是那个……"女孩叹了口气，"反正就是因为邱岚。"

"可人家都有男友了，这件事还过不去吗？"男子道。

"所以啊，我也觉得奇怪。可能事情也不是薛佳杰说的那样，要么是他姐自己也没说清楚。总之整件事怪怪的，要不是吃过了中午这顿海鲜砂锅粥，我会觉得自己好冤啊，不知晚餐会怎么样。"女孩嘻嘻一笑。

男子一笑，轻抚了她的头："不知道你在想些什么。"

邱岚的哥嫂回来时，捧着好大一束梨花。她嫂子十分喜欢梨花，指挥丈夫从林子修剪下来装饰在客厅里。于是，摆在沙发旁的一只空的大瓷瓶被选中了。瓷瓶洗干净后灌了些水，插满梨花。细碎的梨花在灯光的反射下，洁白如雪，每片花瓣如细雪，待它片片凋零，宛如细雪霏霏，耀得整间客厅明媚生辉。

占断天下白，压尽人间花。素洁淡雅的梨花，唯美纯净的爱情。

客厅里闲谈的几个人出神地看着梨花，下午拍照的那女孩轻声问："可以要一枝吗？"

"可以，你们都拿去放在房间吧。"邱岚的嫂子笑着点头。

"我这边还有些鸢尾花，你们也拿去吧。"邱岚从楼上抱下一束，紫色的包装纸，显然是别人送的。

众人发出一阵赞叹，厨房里飘出食物的香味，我闻到了海鲜的味道，赶紧入座。其余人看到一大盆梭子蟹端了上来，惊呼道："好大一只，真好看呀。"

邱岚准备了几种不同的调料："吃螃蟹要等到深秋，这个季节先吃吃梭子蟹，还有今天刚到的刀鱼。"她指了指厨房的厨师，"他联系在潮汕的朋友运过来的刀鱼，做法很简单，用盐稍微腌制一下，放到热油里煎。"

她哥嫂从厨房里拿出几瓶花酿，给不太会喝酒的在座女客，另外准备了冰镇啤酒和绍兴酒，几张桌子上，每个人自己斟酌吃多少。我算过一笔小账，价格比在外面到处觅食划算不少，尤其厨艺精湛，请到个好厨师，光开餐馆也不会差。

邱岚准备了杭白菊，泡制了一大壶热茶。大吃海鲜的结果是再吃别的便感到没有味道，味蕾停留在了尝鲜，刺激后的寡淡，像一场淋漓尽致的热恋，曲终人散，失落感极大。

中午的海鲜粥早就不知去向了，陷入梭子蟹张牙舞爪的长螯中。我喝了几杯梅子酒，山上夜晚温度低，正好驱寒。

酒醉微醺的那群人，喝着酒划起拳来，同行的女孩玩了两圈，体力渐感不支。我坐在沙发上醒酒，梅子不喝酒了，只喝杭白菊，新鲜的菊花茶与家里包装袋里的杭白菊差别极大，玻璃杯里漂着数朵渐渐张开的菊花，轻轻地起起伏伏。喝到嘴里的每一口，不是茶的味道，是清新的花香。

忽然很想把家里的菊花茶都扔了，喝过这么好喝的茶之后，哪里还能再容忍家里那种。

我思忖着跟邱岚打听哪里能买到最好的菊花茶，见她从热闹的屋内走了出去，我便跟了过去。她走到门外，园子里一树纯白的梨花轻轻飘荡，凄美不同寻常。我仔细一看，真是醉了，梨花树下还站着一个人，是那个不太露面的厨师，他始终在厨房里转悠。

此时此刻，他换下了在厨房穿的那身白色外套，邱岚站在他身旁，两人默然地看着对方。我转身准备回去，心想明天问也不急。

"你已经决定了？"厨师轻声问。

"嗯，想了很久，只有这样才行。"邱岚郑重地点了点头。

"为什么要坚持这么做，为什么不妥协一下让自己过得舒适些，要是年少无知也就算了，你又不是，怎么还这么冲动？"厨师的语气出人意料地加重了，不满地把脸转向另一侧。

"在你看来是冲动，可我已经想了很久。要是只能以舒适或更容易的方式来选择，日子还有什么可活的？"

"你知道这么做会让多少人难堪吗，他是要结婚的人，你是因为这件事而躲回家的人。家里还来了一群人，看着好像是游客，其实人家是来这里打探消息的。你不担心后果吗？"

邱岚沉默了好一会儿，忽然抬头看着厨师："如果你爱过一个人，知道爱，你就会无法容忍劣质的爱。这是骗不了人的，还有，这跟年龄无关。"

厨师没有再说话，只是看着她，直到她转身进了屋。

我看到园子里的梨花花瓣轻轻抖落，落在厨师单薄的连帽衫上，他浑然未觉。

七月半

||||||||||

　　以两人的交情，顾旻不肯借
手机给她，只有一种可能，顾旻
不希望她打给李伟明。

|||||||||||

　　自入夏以来，气温居高不下，往年只需开几天空调，便足以应付整个盛夏的酷暑，然而今年压根行不通，自入夏以来，每天待在空调间里，到了傍晚依旧闷热得没有一丝凉风，家家户户空调噪音大作，窗户关得密实。

　　午间的阳光如火烤，我走去邮局寄东西，十分钟左右的路程，仿佛有半个世纪那么漫长，穿在脚上的休闲鞋无法阻挡从柏油马路上蒸腾而起的灼热，走几步便让人跳脚，或许穿浅色长裤和厚底鞋会好些。一走进邮局，从头而降的冷气让感觉快燃烧的人被及时救回，我找了个座位耐心地等，根本不担心时间，看一眼玻璃门外的阳光，就开始为待会儿一路回去的炙烤而忧心忡忡。

　　两个年轻人从外面走进来，一男一女，男子跑去邮寄窗口询问包裹运输，他有个很大的纸箱，塞满了学期结束要运回家的东西，女子似乎犹豫不决，在她同伴问完后，说："我看有些东西就留在这里好了，寄回家也没有用。"

"我跟他们也说过这事，他们执意要寄回去。这么一大箱的东西，运费也不低，何必呢，电话里还特别着急的样子，我以为是很贵重的东西。"女子道。

"你检查过里面的东西吗？"男子问。

"当然，跟两个室友一起整理了半天，零零碎碎那么多东西，真是吓死人。"女子无奈地用手上的填写单扇了几下，从随身的背包里拿出一瓶冰水，喝了几口递给那男子。

男子仰头喝了起来。两人似乎是情侣，检查过箱子以后，男子忙着封箱，在身上找了一圈发现封箱带没带，问同伴："封箱带在你那儿吗？"

"你不是放进包里了吗？"女子转过头来看了看，随即换了个更靠近冷气的位置。靠里的座位上是排队的邮政储户，有个阿姨从包里掏出手工活来做，两个男人仰靠在椅背上打起了呼噜，保安上去推了推，他们总算不睡了。周围的人似笑非笑地看着，摇头叹息。

我的事情办完了，看着外面烈日炎炎，终究咬咬牙推开门走了出去。

前面是一排商店的遮阳篷，我撑着伞从店门前走过，忽然感觉天色越来越暗，狂风大作。热乎乎的夏日风，闷热，浮躁。骄阳不见了，我收起伞赶紧跑起来，一会儿说有台风，一会儿又说在别处登陆，这回大约是杀了个回马枪。

还没走到下一个避雨处，一场倾盆下雨就浇了下来，我躲在一个小屋檐下，尽量不让自己被淋个湿透。没撑伞的路人在大雨中奔跑、欢呼，暂时感觉凉快了些。

"她会回来吗？"

"你别老想着这些。"

我左右查看，试图寻找说话的人，声音听起来有几分耳熟。忽然，男声听起来似乎有些不耐烦，说："什么这个那个，东西寄回去就好了，没什么可多想的。"

我发现是邮局里的那对男女，两人正背对着马路，站在屋檐的另一侧。男子语无伦次地说了一通，急得不得了，女子只是木然地看着倾盆大雨。两人的说话声夹杂在雨声中时断时续，我勉强听出了个大概。

她叫杜佳佳，两年前毕业后跟随男友来到南方工作，男友比她大几岁，叫李伟明。

李伟明的家底还不错，通过自己在工作上的打拼和家里的帮衬，很早就在郊区买了套公寓，准备结婚用。他提议和杜佳佳一起住，佳佳顾虑家人知道后的反应，决定等结婚以后再说。所以她依然和一个朋友合租。

佳佳与室友顾旻相处融洽，有时周末撇下男友，两人一起去周边小镇游玩。顾旻是古装爱好者，旅行包里常常装着这类服饰，每到一处便摆好造型让佳佳给她拍照。佳佳在她的影响下，也对古装产生了极大兴趣。顾旻不仅对服装有自己的品味，对配饰也十分了解，她说："这根老银制成的发簪很别致，扎发髻时很好看。"

李伟明约了佳佳七月的晚上去看惊悚片，佳佳问顾旻好不好看，顾旻随口道："是部鬼片，很吓人。"

"真的吗，他说不吓人，只是惊悚。"佳佳习惯性地问她意见，顾旻是她在这儿唯一的朋友。

"今天是七月十五，男生就喜欢带女生去看恐怖片，小剧场里有很多情侣。"顾旻道。

佳佳与男友的家人相处得并不愉快。李伟明之前有过一个已经谈婚论嫁的女友，她不仅漂亮，而且深得李家二老的心，但前未婚妻因工作调动，导致两人和平分手。佳佳说她每次去男友家吃饭，总觉得二老虽然嘴上不说，心里却处处将她和那位前未婚妻比较。

"你见过他的前女友吗？"顾旻问。

"看过照片，挺漂亮的。"佳佳沉闷地说。

"你心里是不是在担心？"顾旻看着她问。

"我不是担心……"佳佳张口结舌，想了半天才说，"要是他们藕断丝连，那我也一身轻。"

"你能做到？"顾旻忽然一笑。

"伟明人还不错，很照顾我，也很孝顺父母，婚后会跟他父母一起住。"佳佳说。

"你怎么想的？"

"我……"佳佳长长地叹了口气，犹豫不决地看着室友。顾旻微微一笑，说："说吧，没别人知道。"

"我还没想好结婚这件事，"佳佳似乎松了口气，"我才刚工作，一切都刚刚开始，我想继续念书，以后出国留学。现在结婚，看他父母的意思是等着抱孙子的，我还没这个打算。"

"他比你大几岁，家里急也正常。只是你要想好，恋爱是两个人的事，结婚以后每个决定都是两家人的事，而且还要住在一起。"顾旻道。

"我真是烦死了。"佳佳重重地叹了口气。

这时，顾旻拿着手机连点了几下："走吧，我们去兜兜风。"

"去哪儿？"佳佳吃了一惊，"现在这个时间吗，这么热的天。"

"我刚买了两张火车票，快走吧，天黑前就能赶到。与其在这里懊恼，不如一起去凑凑热闹。"顾旻拿起她的背包，"现在出发，一个多小时就到了，明天一早回来。"

佳佳一边一脸吃惊地跟着她，一边说："晚上的约会怎么办？"

顾旻推着她出门，她又说："我还没打包东西，再等一下！"

"都在背包里了，绝对够用。"顾旻锁好门，拉着她直奔火车站。

她们坐了一个多小时的火车才到目的地，顾旻已经订好了住宿和餐厅："今晚的月色不错，湖边风景区人很多。"

"平时也一直很多人，任何时候去都是。"佳佳握着手机，犹豫着是否该跟男友知会一声。

"新开了个酒吧，人很多，环境很幽雅。"顾旻在手机翻找着，选中一张图给她看，"你看这家，晚上有表演，这个乐队我在北京也听过。"

佳佳看了一眼，显得忧心忡忡。顾旻一看站牌，说："走吧，我们到了。"

湖边风景区，幽幽的萨克斯音乐，穿着细高跟鞋的时髦女子婀娜地在桥上走着，露天咖啡馆桌旁的人低声说着话，拿着饮料的游人匆匆而过。

佳佳找出一面小镜子，审视了一下妆容，顾旻拿出一支口红："这支是我昨天买的新款，颜色低调而感性。"

佳佳一看，小声惊呼了一下："这是我最喜欢的色号，早上刚去专柜问过，说是卖断货了。"她拿着口红仔细地对着镜子画着，顾旻稍稍补了下妆，随即替她画眼线。

"晚上凉快些了，"佳佳将发髻打开，卷曲的长发披散开来，"他现在多半在电影院急得打我手机。"

"没听到你手机响。"顾旻道。

"充电器没带，还在火车上的时候就快没电了。"

"天意。"

树荫深处，不时走进走出一对对情侣，顾旻努了下嘴，佳佳问："那边有什么？"

"好像有表演，座位票只卖两张。"顾旻看着目录说，"一个人去看表演估计得买两张票。"

　　"看起来是，"佳佳忽然好奇起来，"我好像从未见过你带朋友回来，一次也没有，家人来看你的话，是另外找地方住吗？"

　　顾旻不自然地扭了下肩膀，她从来不提家里的情况，似乎也没什么朋友。在佳佳看来，她能说会道，人又聪明，应该有不少朋友。

　　佳佳见她不应答，以为是问到了对方的痛处，忙转开话题道："我们去看看是什么吧。"

　　顾旻随即点头，跑去冰淇淋车买了两个水果蛋筒，佳佳高兴地接过："哇，是我最喜欢吃的蓝莓和芒果，太开心了！"顾旻执意不肯收她的钱，佳佳只好道，"一会儿吃饭我请客。"

　　顾旻对她很大方，在两人商量的计划中，顾旻会立即帮佳佳把她那部分一起付了，佳佳不无感慨地曾对顾旻说："伟明付钱的时候都没这么痛快，他很容易为这为那纠结半天。"顾旻听了这些话，只是笑笑。

　　舞台中央上演了一折《乌盆记》，演员很年轻，观众们三三两两坐在座位上。也许在七月半跑来看这折出了名的古装鬼戏，比在电影里看现代戏更有几分意境。

　　顾旻轻声应和"阴曹地府去申冤"，佳佳瞪大了双眼，转眼看向观众席，夜幕下人的脸阴影重重，仿佛涂抹了灰黑，眼珠子偶尔反射出月亮的幽光，惨白的月色照在人身上竟显出浅浅的血色，渐渐地越来越深。

"你看见了吗？"佳佳神情紧张地推了下顾旻。

顾旻头也没回，说："灯光的效果，很好看，不是吗？"

"你不觉得这里很怪吗？"

"怎么了？"

佳佳手心一片冰凉，她突然感到后悔，不该一声不响撇下男友跑来这里，怎么说她也该知会李伟明一声，她贸然失约又手机关机，伟明会以为她突然发生意外。尽管她嘴上总是抱怨男友的缺点，但心里清楚他虽然有点木讷，人却很实在，可靠。她见过他的家人、朋友，连他公司的同事也认识，她参加过他公司的年会，她知道他是个积极上进的人。然而，她究竟了解顾旻多少？

她搬到出租房半个月后，房东告诉她另有一个房客入住，这样房租可以减半，她欣然接受。顾旻搬进来的那天只有几个简单的行李箱，行李箱看起来也不重。起先她对佳佳心存抵触，过了几天，又主动跟佳佳套近乎："我从家里带过来的腌菜，你要不要尝尝？"

两人很快变成好友，有时佳佳上夜班，伟明出差没法去接她，顾旻就会打车去接她，她觉得很不好意思，坚持要把钱给她。顾旻说："你下班的路段太难叫车了，正好这条路经过一个宵夜摊，我去买份宵夜吃。"

佳佳觉得她不拘小节，很少因为生活习惯上的事和她有过磕碰，现在回想起来，她觉得顾旻是在有意迁就她。李伟明对她的室友没有好感，他来过几次出租屋等她，顾旻当时也在，但他经常绷着脸专注地看着屏幕，两人从始至终没有打过一声招呼，佳佳十分尴尬地介绍完后，拉着男友很快出门。

合租时说好不带朋友回家，但有朋友在屋里等她一起出去，这应该不算过分。一想到平日顾旻对她的照顾，佳佳认为自己在这件事上不能太自私，毕竟这是两个女孩的住处，李伟明是她的男友，但在另一个女孩眼中这会是种冒犯，谁愿意自己的住处让外人参观呢，何况顾旻从未带任何人来出租屋。

两人并未因为这件事而闹僵，相反，顾旻一如既往地邀她去玩、吃宵夜，作为和解的回应，佳佳让男友以后再来，就在楼下等她。伟明听了很不开心，虽然知道在这件事上他不占理，但从女友口中说出，他还是感到不开心。

"你手机能借我打个电话吗？"佳佳轻声道。

顾旻在口袋里摸了摸，拿出一看："呀，我的也没电了，看来一会儿要找个地方充电了。"

佳佳只是点头，心里一片冰凉，刚才她明显看到顾旻在口袋里按了下，屏幕亮了一下便暗了。她确信顾旻的手机是有电的，以两人的交情，顾旻不肯借手机给她，只有一种可能，顾旻不希望她打给李伟明。

戏还未演完，观众席发出惊呼声。佳佳无心看戏，一旁的顾旻全神贯注地看着，她忽然发现自己并不认识眼前的顾旻，也许是黑幕显出了不为人知的另一面，也许她本就不认识顾旻。

戏散了，面目模糊的观众陆续离开座位，佳佳走在顾旻身后，灵光一闪，她从人流中穿了出去，留下身后在呼叫她名字的顾旻。

雨势渐渐小了。

我站在屋檐下听那对情侣的故事，感到如置身冰窟，盛夏日的冰凉，猝不及防。

"幸亏你当时及时逃走。"李伟明说。

"是啊，谁会想到我竟然和一个身份盗用者合租了那么久，要不是这人的家人发觉账户上一直有划款，恐怕至今都不知道。"杜佳佳心有余悸道。

"你一定要记住，只能说是身份盗用者，哪怕这人的家人给你看照片确认，你也要当作从未见过，一口否认。这人现在完全人间蒸发，不知道还犯了什么事。"

"我这么说也是实话，身份盗用者和被盗用者长相十分相似，假顾旻能隐藏得这么深，难道就为了躲在出租屋里？"佳佳疑惑道，"真顾旻的家人说出租屋里的物件确实是他们女儿的，真是奇怪，为什么一个人不仅盗用身份，还盗用人家的个人物品，我真的很难相信。"

"佳佳，我们谈论过很多次，这个问题只有一个答案，这是兔子洞。你回来后也看到了，她完全消失了，谁知道她把你带走是为了什么。那天我急得去你住的地方找你，正好房东也来了，他跟我聊了几句，说'你女朋友蛮有意思的，房租每个月要分两次付'，我留了个心眼没说穿，问房东房子一般住几人，他说可以住两人，一起平摊房租。上回有个女孩说要租，说好了又突然不见了，他看你付双份房租就没把房子再租出去，他本来想跟你说重签一份合同，但因为生病住院一直没时间。"李伟明看了看天色，表情阴晴不定。

佳佳默然不语，刚想说些什么便又住了口，好一会儿，说："现在东西都寄走了，可以放心了。"

"是啊，我们回家吧。"李伟明温柔一笑，拉着她的手冲进夏日的小雨中奔跑。

我见雨势小了很多，想起老人们常说七月十五不宜夜归。天色灰蒙蒙的，天边尽头的青黄与灰黑，变化诡谲。忽然，我看到脚下有什么东西一闪一闪，仔细一看，是枚银色的发簪，造型古朴雅致，是佳佳头上的那枚老银发簪。

我捡起发簪，手一颤，发簪掉到了花坛里，再也不见了。

香市

||||||||||||

　　我知道我并不是真的羡慕，
但无法不想念。

那女孩絮絮叨叨地说了半天，周围的人还是一脸疑惑，出于好心，人们只是安慰她，告诉她振作起来，不管是失恋还是失业，总会熬过去的。

女孩说她叫李多福，一个很俗气的名字。她的出生让准备了很多男婴衣服的父母深感失望。她父亲是家中唯一的男丁，能继承不少财产，没有儿子，只好留给李多福当嫁妆，这点让她父亲尤其担心。

"继承得多吗？"有人问。

"房子和一些钱。"她轻声地回道。

听到的人漫不经心地点头："你父亲就没再想要个儿子？"

李多福一脸尴尬，我看了看，问话者是个中年妇人，边上的丈夫佯装熟睡，眼皮不时眨动一下，听得很认真。有人小声地打听李多福是哪儿的人，那女孩只管自己小声啜泣，没有答话，问的人做了个努嘴的表情，又靠回椅背上睡觉了。

午后的车上，我搭错了一班车，只能到站后再想着换别的车，好友贾绘说绕了段路，她正好去逛会儿水果市场。

李多福和我同一站下车，背着一个包，手上拎着一个很大的黑色购物手袋。她在电梯上回头张望，看到我时微微一笑。

在杭州看完展览活动后，贾绘提议去庙会凑热闹，她从嘉善到杭州亲友家小住了一段时日，因为闲得无聊，每天折腾着要玩出新花样。

"庙会好玩吗？"我问，那似乎已经是很久远的记忆了，习惯网购以后连买个小东西都不想跑出去，宁可等几天东西送到手上。

"庙会就是以前的香市，我不敢说一定好玩，但好吃的很多。"贾绘背着双肩包，不知是不是为了大采购而准备的。

"物美价廉的东西应该会一抢而空吧，你确定我们两个的战斗力足够？"我不禁担心地问。

贾绘抓紧了下身上的背包，镇定地说："所以我不挑头几天去，而且今天还可能下雨，人……应该会少点吧。"

西湖香市起源于农历二月十二日，百花生日，俗称花神节。春暖花开，桃柳明媚，西湖三月，花光如颊。彼时，古人在香市这天，从临近之地涌入寺庙进香，天下进香的男男女女就近去往上天竺寺，香火之盛，为东南一代之最。每年农历二月十九日，相传是观世音的生日，进香者们住宿在山里的极多，寺庙的大殿到处挤满了人，南海潮音寺内亦是如此。

记忆中，我外婆每到观音生日这天，家里会供奉烧香，在场的人都要磕头，以示感念。

但今天不是农历二月十九日，深秋的杭州下起了雨，餐厅外的行人撑起了雨伞，坐在门口等雨停的贾绘笑得一脸无奈，我拿来两杯热饮，说："你的预测很准确，乐观得让人不知所措。"

她笑嘻嘻地接过热饮喝了一口，差点被烫到："哪里晓得会这么准，我每次只要相信天气预报肯定倒霉，这次竟然准了，真是天意。"

等雨停的那会儿，我忽然看见车上的那个女孩李多福，她出神地坐在靠里面的位置，餐桌上是她的手袋和一杯饮料，她偶尔看一下手机，神情茫然，在一群饮食男女中显得很醒目。

"你认识她？"贾绘问。

"在车上见过，不算认识。"我说。

"那是她男朋友吧，一直在看她，两个人看起来吵架了。"贾绘用下巴点了点李多福身后几个位子的餐桌，那男子穿着时髦的休闲装，肩膀宽阔，棒球帽遮住了一部分脸，侧脸轮廓分明。"长得蛮帅的。"

贾绘是帅哥鉴定"嗅探器"，每到一个新场所，她第一时间就能发现哪里有帅哥出没。

"位子离得那么远，这架可能吵得还很厉害。"我说。

"也可能吃不到一块去，干脆各吃各的。"贾绘道。

我狐疑地看了一眼贾绘，在尝试新鲜食物上，贾绘的积极性让人肃然起敬。她对吃的不在于价位或美味，还是折腾。她擅长发掘美食，钟情于她喜欢的口味，如果是吃辣，她会一次次跑去重庆、成都、长沙等地吃个畅快，老惦记着怎么把十三香带上飞机吃，为了这件事她跟男友大吵一架，她男友认为这样很丢脸，而且会影响别人，她心里也很清楚这样不好，但就是生气男友的态度。她会因为情绪不好，一个人跑出去溜达，最远的一次去了新加坡，那次她出差，家里人和好友谁也没告诉，收拾行李就上了飞机，比预期的行程还多待了半个月，用光了年假。

"说出你的故事。"我说。

"前几天跟某人分手时就是这样，"贾绘哼哼了几声，"一副要死不死的别扭劲，分手男女的尴尬表情，一看就知道。"

"所以才跑出来寻觅好吃的？"

"还有好玩的，吴山庙会很热闹，南宋都城建立在临安，这里好玩好吃的地方可多了。"

"北宋定都在东京，你是不是也要去开封？"我笑问。

谁知，贾绘认真地思索了起来："这个好啊，我们去吧。"

我干咳几声："下次，先把这次的热闹凑完，再做打算好了。"

山外青山楼外楼，西湖歌舞几时休？暖风熏得游人醉，直把杭州作汴州。

雨后的街上，穿上古装的群演们应和着庙会的热闹，城楼上的帝皇仪仗，人群围观得水泄不通，站在树下的人撑起了伞，雨滴从树叶上落下来，滴在路人的头发上，凉飕飕的。

穿过熙攘的游人堆，贾绘瞄准了美食摊，迅速地直奔目的地。我买了各式各样的糕点，买完后有些后悔太冲动，毕竟糕点不能久放，越新鲜的越容易变质。

贾绘吃完手上的立刻又找到了新目标，为了保持体形，她特意去办了张健身卡，节食从来不在她的个人字典里。

"有时候我真想看看从前的人是怎么打发日子的，连电灯都没有，却能把日子过得隆重、有趣。"贾绘喃喃地说，"我知道我并不是真的羡慕，但无法不想念。"

"想念？"我问。

"嗯，一种很近的感觉，近到像是在眼前，可我认不出来，离得远了又实在舍不得。"

"你在说……你男友？"

"导致我和他分手的最大分歧，你猜猜看是什么？"

我吸了口气，小心翼翼地说："婚事安排吗？"

"拍婚纱照，他要找他朋友的工作室来拍，我觉得他朋友的摄影风格跟我格格不入，我没那么多艺术细胞，太复杂的东西解释半天我也不懂。非要拍那么有艺术气质的照片，别人拍出来是杂志封面，我是奇葩大全。"她气得不行。

"可能对你的风格，对方摄影师解读过多了。"我忍不住道，看到她咬牙切齿的神情，赶紧补充，"沟通是很重要的，毕竟摄影是一种艺术，自由、任性也是有的。"

雨天的庙会人数颇多，身穿演出服的一行人所过之处，挤满了人，要想通过只有绕开人群。我和贾绘都没带伞，沿着街边的商铺屋檐走，总算穿过了最拥挤的路段。这时，看到不远处的李多福，她正试图走到对面去，马路上车流密集，一堆人在等着红灯。她的身后跟着餐厅里的男子，他头上的棒球帽遮着眉目，不知是否为了遮雨。

李多福从手袋里拿出一把伞，一下撑开，回头寻找她的同伴，忽然我与她的视线对上了，这让原本的旁观忽然陷入尴尬的局面。她眼珠子飞快地一转，转过头去，绿灯一亮，很快从人潮中消失了。她的同伴似乎错愕了一下，迈开步子追上前去。

"你在看什么？"贾绘好奇道。

"车上的那个女孩，她男友跟丢了她。"我说。

贾绘饶有兴致地看了一会儿，神秘分兮地说："你不觉得这俩人很有问题吗？"

"能有什么问题？"我问。

"像情侣，但又不是情侣。"

"劈腿？"

贾绘一边走到前面引路，一边说："她看起来条件很好。"

"你是怎么看出来的？"我好奇极了。

"本来我是怀疑的，在餐厅时我看了好几眼，觉得她的那个手袋是最新限量款，价格就不说了，总之高得离谱。看她又不像阔太太，那就是千金小姐了。"

"没准是女强人呢。"

贾绘忽然笑了："我跟很多职场女强人打过交道，她肯定不是，气质完全不搭边。"

"你看她看得好像很准，那个男的怎么样？"我问。

"哦，"贾绘故作沉思，"还好吧。"

"怎么好？"

贾绘嗔怪地斜眼看我："懂得讨人喜欢。"

"我们这一路是要去哪儿？"我发觉挤出人群后，我们开始了漫无目的地瞎逛，庙会的喧杂声从背后传来，听起来很遥远。

"既然是香市，少不了要去上个香才好。"

"这是去灵隐寺？"

贾绘立刻摇了摇头："离灵隐寺很近，上天竺寺。"

"有什么缘由吗？"

"天竺三寺中上天竺寺规模最大，隐于山林之中，四面青山环抱。以往陪同家人都是去灵隐寺，这次去上天竺寺。时间赶得及，我们还能去尝尝那儿的斋饭。"

从灵隐寺山门向南直上，依次可到下天竺、中天竺和上天竺三座古寺。上天竺寺建于后晋天福四年（939 年），僧道翊在白云峰下结茅庵于此，为上天竺开山祖师。千年古刹，历经扩建、重建和更名，与灵隐寺、普陀山不同，上天竺寺是地方性道场。

地藏殿内有粉丝为偶像供奉的牌位，一路上不乏警言牌，树上挂着一串串红灯笼，大雄宝殿前的香客虔诚地上香、默念。

雨悄悄地停了，寺庙内香客不多，幽静，视野疏朗。潮湿的空气里充满了香火气息，人间的香火，一缕缕幽幽地飘起，消散。

贾绘在佛前默念跪拜，香客们安静地进出。我从大门走出去，坐在一处长廊下等她，清幽的香火之中，仿佛是隔着人世看他人。

山峦环抱，叠嶂四周，身在此处，却不知到此的缘由。北宋南渡，差不多已千年，南逃的宋室王族、百姓，舍弃繁华之地的都城东京。

贾绘忽然在边上坐下，表情古怪地说："你知道我刚才看见什么了？"

"什么？"我疑惑地瞄了她一眼。

"那个你车上认识的李多福，还有她那个二十四孝男友。"她闷闷不乐地说。

"二十四孝？"

"是啊，一路挽着她嘘寒问暖，要不是回头看，还以为陪着奶奶外婆来上香呢。"

"好酸啊，"我指着她笑，"你跟某人还有破镜重圆的机会吗？"

"为什么要有！"

"婚纱照可以再商量看看，你家里知道这件事吗？"

"我的婚姻大事，又不要他们拿主意，再说了，我爸不太喜欢他，觉得他不够稳重。"

"怎么说？"

"他跟我在一起时一副深明大义的样子，跟他那些狐朋狗友在一起时就原形毕露，我爸认为这个不好。"

我不置可否，只是笑了笑，如果说女孩在世上最值得相信的男人是谁，那么父亲应该是最贴切的人。我说："就这些让你产生这么大情绪？"

"不是，"贾绘撇撇嘴，佯装生气地叉着腰，转首寻找斋堂的方向，"她很厉害啊，很会揣摩人心，人精一样的人。"

"怎么说？"我好奇道。

"我学不来，刚才听到她跟她男友说两家见面的事，她男友好像还犹豫不决，一会儿又说要出差。换成是我早就发飙了，总之在这个问题上我是一刻也忍不了的，她就很厉害了，不声不响，反而安慰他专心工作。然后就说起她家里的事，她父亲很遗憾没有儿子，她母亲胆小怯弱，父亲家那边的几房兄弟一直在问房子的事，她替父母感到伤心。过了一会儿她又说，她母亲生她时还有一个双胞胎弟弟，但弟弟没活下来，她父母因为这件事伤了感情，闹过离婚，看在她的分上最后没离。如果不是很确定的感情，她情愿不结婚。"贾绘说完，疑惑地问了声，"你信吗？"

"在车上时她也这么说过，边上有人问她家里怎么没想再要一个儿子来继承财产，她没说话。"

"她男友看起来好像第一次听到，反过来安慰她，说着说着就定了两家见面的日期，她说什么他都顺着她。我要有这本事多好啊，每次吵得头破血流，一点儿用也没有，在某人的狐朋狗友眼中，我一言不合就发飙。"她说得气愤，瞥了眼拿在手上的手机。

"再怎么气愤，你不也抓耳挠腮地想着怎么回复某人吗？"我说。

贾绘不好意思地笑了起来："总有消气的时候啊，再说了……我们去吃斋饭吧。"

以往去灵隐寺上香，吃过寺庙里提供的素面。上天竺寺里有斋饭，价格不贵，家常口味。香客们提着包，在桌席间寻找位子，贾绘很快找到了一张桌子，招手让我过去。

坐下来后，我看到吃完斋饭正和男友离开的李多福，她嘴角微微而笑，男友搭着她的肩膀，两人缓缓地消失在人流中。

如逃如逐，牵挽不住，善男信女的尘缘但愿没那么多道理可遵循，如此，人的生活才可期许更多。

琉璃与蔷薇

||||||||||

　　在密闭的空间里，它会成为
很多人的福音。

玲珑晶莹，非石非玉色绀青。

一只小小的琉璃瓶，装满了飘着幽香的蔷薇水。幽蓝透明的瓶身，平底、折肩、瓶颈和腹底刻上了花卉的纹路。

架子上另有一只浅黄通透的琉璃瓶，我闻了闻："也是蔷薇水？"

"永嘉之柑为天下冠，有一种名'朱栾'，花比柑橘，其香绝胜，以笺香或降真香作片，锡为小甑，实花一重，香骨一重，常使花多于香，窍甑之旁，以泄汗液，以器贮之，毕，则彻甑去花，以液渍香，明日再蒸，凡三四易，花暴干，置磁器中密封，其香最佳。"墨染说，她的桌子上摆着笔架，几支新购入的毛笔挂了上去，她用毛笔画水彩，曾学过两年国画。"古人蒸花取液的蒸馏术，香气芬芳，经十数日不歇。"

"西域的蔷薇？"

"大食国蔷薇水贮琉璃缶中，蜡密封其外，香犹透彻闻数十步。似乎比现在的香水更为浓郁芬芳。"

我拿着琉璃瓶又闻了闻，盖上盖子："这个蔷薇水还好。"

"我用的蔷薇花还不够，要有书上的效果，所需要的花瓣数量难以估量吧。"墨染从抽屉里拿出一排小瓶子，外面裹着透明的包装，每个小瓶子形态各异，呈浅黄、浅紫等颜色。她说："我把能找到的琉璃小瓶都用上了，里面都是蔷薇水，去年整个夏天都在忙这件事，收获就这么几小瓶。"

我惊讶地看了好一会儿，淡淡的香气渗透过包装盒，很快在空气中挥发、消逝了。我说："闻香识女人，要是在街上我闻到这个香气，不用看，就知道是你。"

墨染颔首低眉，她有个私章，上面刻着"墨染"，极小的字体，像一朵晕染的墨，字如花，开在墨中。

两个一大一小的直筒琉璃杯，一个用来放干花，一个用来喝花茶。她长发过腰，发髻上插着一支从未见过的发簪，是新添置的仿古款，她说："设计图是我自己画的，托朋友去找，下周我要去拍片，决定带上这支。"

墨染的专业与她的兴趣没有半点儿关系，她曾想报考艺术院校，她家人和一众亲戚吓唬她以后没有出路，于是她改了志愿，赌气地填了个离家很远的学校，独自北上求学。

我在北京游玩时与她见过一面，当时她正打算留在北京发展，后来家人生病住院，隔了一年多她才知道父母身体每况愈下，斟酌再三，返家照料。

"后悔放弃在北京的工作吗？"我问。

"有一点儿，"墨染眉头微皱，"当时都要升职加薪了，想了一个晚上，对我来说什么才是最重要的。从念大学以后，回家的次数就很少了，假期在家里住几天就不舒服，他们也知道。我跑来跑去地到处玩，待在家里半天便觉得浪费了时间。工作以后，有一年我没买到机票，一个人在外过的年，爸妈连夜坐火车来看我，看他们风尘仆仆地等在北京火车站，我忽然很想哭。后来决定回家，我觉得差不多是时候了，留下还是回来，都是为了我自己，我想家了。"

从北京回来后的墨染休息了一年，陪着父母四处看病，在那段时间里她才渐渐知道她不在家的几年，父亲白天上班，母亲在独自去医院的路上昏倒，有几次她打电话回家总是没人接，打父亲的手机，父亲对她说他们去朋友那里玩了几天，其实是父亲在医院陪她母亲。他们都以为墨染以后会在北京定居，更少回家看望他们。

一年后她父母的身体逐渐好转，她父亲找了份清闲的工作，替朋友管管账，她母亲也能下床走动了，她重新找了份工作，一切从头开始。

"又开始画画了，和你以前画的不太一样。"我看了看她拿在手上的画册，这是她的写生手账，每到一个新环境，她便拿出画笔和画本开始写生，至今已经积累了厚厚几本。

"有些人积累人生，不停地去经历各种事，而我，积累画画素材。"墨染翻了几页，轻轻叹了口气，"我觉得不太可能把这些展示在人前，我最想画的即便画出来了，也只能放在箱底烂掉。你有这种感觉吗？"

"本然的表述是心里的欲望，不自觉的，"我看着琉璃杯上的花纹，淡蓝的幽光，放在架子上的角落里，收敛、低调，"不尽如人意才是生活，畅所欲言，以至任性妄为，要么是真的已经登峰造极，要么就是放任了。"

"你说的是节制？"墨染拿着干净的毛笔在手上刷着，桌上铺着宣纸。画画之余，她练起了字，照着碑帖练了好一阵子。

"差不多吧。"我见她拿出一本画册，上面的名字看着非常陌生。她翻到其中一页，画上是浓烈张狂的花，色彩艳丽怒放，强烈的色调让人触目惊心。我说："这不是你的画风。"

"我的一个朋友，我们都叫她杏子，她很喜欢吃杏子，每到吃杏子的季节，她的桌上总能看到一盆刚刚洗干净的杏子，她专注画各种花卉，这幅是杏花，你看这幅桃花。"她拿着画册推到我面前，"你觉得怎么样？"

"黑暗中浓艳鲜亮的桃花，看得让人很不安。"我说。

"你还看到了什么？"墨染看着我问。

我踌躇了一下："压抑到了极点，精神自虐崩溃前的呐喊，这是求救信号。"

"你认识她？"她惊疑地看着我。

"不，作为外行人的观感。我只是觉得画手在用色上，跟写作的文笔比较相似，色彩是内心的表述，文笔是写作的基调，不是用色越丰富就画得越好，文笔也不是越美才写得越好，娴熟自如地运用节制的人才是大师。所以，我想说的是，懂得用色是具备成为一个出色画家的条件，这是要下一番苦功夫才行的，有天赋的人毕竟只是少数。文笔精美能很快抓住人，但往往也会言之无物。懂得用色的人，止于用色，成了漂亮的色块，背景色。满纸烟霞的文字成为靡靡之音，都令人惋惜。"

"你替她感到可惜？"

"不，这位的画很好，不止用色让人惊愕，也强烈地表达了她内心的欲望。这大约就是你说的，宁可放在箱底任其烂掉也不能让人看的作品。感情太过强烈，把自己燃尽了。"我翻着另外几页画作，问，"她现在怎么样？"

墨染出神地看着宣纸，柔软的毛笔停在掌心："下周我要去一个工作室待几天，离你家好像不远，你要不要过去看看？"

"好啊，很多人吗？"我随口问。

"不算多，工作室设在公寓楼里，几个朋友在打理，我去帮点小忙。"她说。

我买了一堆画纸、画笔和学画画的书，念书时画过几笔的经验早已丢尽。看到很多绘画出色的人，心生羡慕，购置绘画工具成了一种心理安慰，尽管依旧于事无补。

墨染说的工作室在某个公寓小区内，面向路面的一侧围成一个小花园，种了很多花。一张茶几上摆着一只大花瓶，放了茶盏，便再也放不下其他东西了。她说这是故意设计的，用来写生，工作室里的一个画手是这间屋子的主人，房客退租之后，收回来重新装修一番再入住。

画室里几乎摆满了画架，桌子上全是颜料盒，长长的画笔沾着颜料，一只手夹着数支。墨染站在画架后，在画纸上勾画出蔷薇的草图："你觉得怎么样？"

"姹紫嫣红的蔷薇，一只琉璃瓶倾倒，意味深长的故事。"我说。

墨染忽然瞄了我一眼，嘴角似笑非笑："你还看到什么了？"

"未完待续的暧昧。"我说。

"你不懂画。"

"确实不懂，我只会看色块，好看的颜色。"

"为什么是'未完待续的暧昧'呢？"墨染擦了擦手上沾染到的颜料，猩红色的一抹，在白皙的皮肤上显得尤其醒目。

"画面是直观的，颜色的运用是感官上的暗示。我不懂画，所以只能用文字来比喻，作者直接告诉你的大多没意思，再高明的作者也无法掩藏文字中的蛛丝马迹，那才是重要的。文字越好越能透漏出这种信息，文字很会不留痕迹地出卖人。这大概就是表述欲，画画应该也是这样。"

"你只看到了暧昧？"

如果不是从小就认识的朋友，很多话不必说得太透彻。哪怕是对方邀请你说几句真心话，说的人也要掂量掂量情况。

"兜罗宝手亲挈携，杨枝取露救渴饥。画作上的事，我只会说观感。"

这时，画室内的一间房门被推了开来，走出两个人。走在前面的人对着后面那个男子说："这次赶时间，下个月你来杭州我们再聚。"男子送到门口，回来时目光从墨染的脸上一掠而过，走到天井的小花园里找人说话。

"这个工作室就是他的。"墨染轻声道。

"看起来好年轻。"我说。

"他开工作室是兴趣，之前一直待在法国给一些时尚杂志画插画，开过个人画展。"墨染从书架上抽出一本杂志，翻到其中一页，"你觉得这幅怎么样？"

抽象派的画作我完全不懂，说："颜色很漂亮？"

墨染忽然笑了起来："这个品牌的概念就是这样，他们看中他的画作，从众多投稿中选择了这幅。"

"这个牌子国内有吗？"

"目前好像没看到，他家有款香水很好闻，跟蔷薇水很像，我订购过。"她从手袋里拿出一只小瓶子打开，"你闻闻看。"

蔷薇的香味与另外一种或几种香味互相渗透，使转瞬即逝的蔷薇香助长了绵长浓郁，我拿近几分，又嗅了嗅，说："我比较怀念你调制的蔷薇水，消逝了无痕。"

"香水要是这样的话，很难留住顾客，谁也不希望总是在身上洒香水。"

"在密闭的空间里，它会成为很多人的福音。"

墨染挑了下眉毛，说："你这样说话，很容易被打的。"很少开玩笑的墨染，忽然开起了玩笑。我说："你喜欢收集有蔷薇香料的香水？"

"他喜欢的人叫蔷薇，比他大几岁，很漂亮的女人。我第一次来画室时她给画手们当模特，她衣服上的外套绘满各种花卉，乍看就像坐在百花丛中，我用光了颜料也无法填满画布上的风景。"

"他们是恋人吗？"我看了眼花园里站着说话的两人。

墨染拿着调色盘，手上的画笔倒掣了一把，抹了一手的墨料。她跑去洗手，绕过窗口时侧过脸去。

那画室主人察觉到了，转头望了一眼，午后的阳光洒在他脸上，一张年轻帅气的脸，眼神藏着莫名的忧愁。

忧愁不是谁轻易都能有的，大多数人奔走在生活的路途上，尝着酸甜苦辣，年轻时朝气蓬勃的光芒，渐渐充满疲惫，眼神中尽是对生活的失望。墨染翻开的那页画作上，有画者的名字：琉璃。

这么广泛的画者之名，一时半会儿也无从详细得知。墨染洗干净手，拿了两支新画笔走了过来，琉璃这时谈完了话，与墨染打了声招呼，她迟疑了一下，很快走了出去。

我在画架旁无所事事，看了眼身旁正在休息的画手，开始没话找话："这附近有好喝的奶茶吗？"

那人一笑，找了张单子给我："这家店我们经常点，比手机订的快很多。"

我看了看单子，想着替墨染点个什么好。那人忽然凑过来，神秘兮兮地问："你是墨染的朋友？"

"嗯。"

"你知道杏子吗？"

"不认识呢。"

"杏子是琉璃的妹妹，墨染跟她很熟。"

我不置可否地点点头，对方又说："你没见过杏子，她的人和她的画一样……"对方似乎察觉出我并非同行，不好意思地笑着，"画得很好，后来不画了。琉璃一直照顾她，她的身体状况太糟糕了。"

"因为蔷薇太美了吗？"

那人的眼神惊疑了一下，刚待要说什么，我说："不止蔷薇很美，蔷薇水也很让人喜欢，人不贪心，太难了。"

胭脂扣

||||||||||

　　墨染想在绘画上出人头地，
需要借助柳欣，通过她获得柳笠
的帮助。

梅子色的胭脂扣，细腻的脂粉，粉扑柔软，蘸了胭脂粉轻扫脸颊两侧，苹果肌白皙透亮，清新的妆容引人注目。

薇红是业余的化妆达人，一天不化妆便难以忍受，见过她的人都说她长相标致，明明天生丽质，却还这么穷讲究，细致到无时无刻不在检查妆容，让人觉得她要求太高，难以相处。在一群朝九晚五的朋友里，她差不多是个"麻烦的人"，常常让素面朝天的同伴感到紧张。

懂得生活的人，会玩，会积极调整生活方式，更会折腾，看在旁人的眼里是一种不安于现状的威胁。她说起这些时，特别强调他人口中总是张嘴就来的"美女"称呼，她说这很冒犯人。

"为什么这么觉得？"我问。

"帅哥和美女的称呼，看起来都是在恭维人，但含义差别是极大的。帅哥是赞赏，引人眼球的夸赞，而美女虽然也是，但会引来嫉妒和不满。你在工作、公众场合不会想给人留下这种印象，我很反感客户、同事以此作为玩笑，当你习惯这么被人称呼时，也就默认了他人眼中你只是个花瓶的暗示，没人会真的看重你的意见。但被称为帅哥的男人不是这样，人们会试图去发现他身上别的优点来加以赞赏、肯定，不论是在工作还是私人生活上，都有好处。"薇红看着涂了浆果色的指甲说。

樱桃色的胭脂粉撒了些许在桌上，我拿丝绵揩净，粉末染红了一片。薇红的手上多了一根细簪子，尖细的一端戳破胭脂盒里的粉末，取了点水化开，然后蘸了点儿抹在唇上，剩下的当作腮红擦在脸上。

胭脂两用不少见，我买过一瓶粉底霜，瓶盖上打开就是胭脂，起先以为是唇彩，看了说明才知道也可用作腮红，粉桃色，浅浅一抹。

薇红的梳妆台上铺满了彩妆，她不但沉迷其中，还会动手制作。用过各种高端品牌化妆品的化妆达人，最近开始挑三拣四各款长短，干脆自己调脂弄粉起来。

我拿着其中一个银色胭脂扣在手上，紫红色，散发着幽幽清香。我问她："这是怎么制成的？"

"先从植物中提取香料，掺入熔化的蜡中，冷却后就是胭脂，你手上的这盒里面含有紫草。"薇红拿在手上，用无名指蘸了蘸，抹在手背上，淡淡的浅紫色，十分滋润。她说："但是无法长时间保存，沾到衣袖或吃东西时，一会儿就掉光了，需要不停地补妆。"

"这个盒子真好看。"我说。

"我到处搜刮得来的，总共有十几个，现在只剩下五六个。"

"其他的都到哪儿去了？"

薇红忽然有些不好意思起来："原本打算学着调脂弄粉，结果把我搜罗来的胭脂扣一个个转手出去，剩下的几个说什么也不卖了。"

"这样啊，"我有些失望地说，"古人的胭脂，一类是粉质，敷粉不以白粉为主，用朱砂染红，称为朱粉。但粉类难以保持，流汗或落泪后，随时脱妆。另一类油脂类，黏性不错，抹在脸上贴合肌肤，不易掉色。通常的做法是以浅红的红粉打底，然后抹上少许油脂类的胭脂。"

"你用过觉得好吗？"

"我皮肤过敏，不能用。"我在她的图册上翻了翻，"这些照片上应该没有吧？你看，这张拍到的化妆工具，仿制的还原度还不错，应该是照着实物一比一仿的，本身非常新，故意做旧的。胭脂、口脂看着很滋润，用来拍照很合适。"

薇红凑过来看了下，表情有些失望地合上胭脂盒，问："墨染还会来吗？"

"应该会来的，今天不是要取景吗？"我看了下时间，离约定的时间已经过了十分钟。

"琉璃也会来吗？"

"不知道啊。"

薇红若有所思地走到阳台上打电话，初夏的傍晚，夜风暖烘烘的。楼下的人聚聚散散，又是一个周末。

晚上，我想到一个地方有好吃的，约了薇红一起去吃，她说一会儿墨染来了一起去，正好聊些事。于是，她摆弄起她的胭脂扣，边聊边等着墨染。

　　打完电话的薇红走回客厅，脸上的神情古怪而神秘："你知道墨染前两天的事吗？"

　　我猜想是跟琉璃有关："有情况？"

　　薇红喜欢新奇好玩的事物，八卦也很在行："我知道你去过琉璃的工作室，觉得怎么样？"

　　我回想了一下当时的情形，匆匆一面，实在没什么可回想的，倒是工作室里的其他人，聊吃的很能说到一块去。我说："他有个妹妹叫杏子，很爱吃杏子？"

　　"还爱吃杏花呢。"薇红白了我一眼，颇为埋怨我没打探到虚实。

　　大约又过了半个小时，薇红饿得等不了了："我们先去吧，我估计一时半会儿她来不了。"

　　"打个电话给她，不会出什么事了吧。"

　　薇红拿着手机想了想，没有拨过去："跟你说件事，我无意间听到的，当时感觉太惊讶，一直觉得这不是真的，现在我大概了解了。"

　　"好。"

　　"我跟墨染的关系其实很一般，尤其知道这件事以后……"

　　琉璃本姓柳，名笠。养尊处优的公子哥，优点是长相俊美，缺点是再没别的优点。

　　杏子本名柳欣，柳笠的父母结婚多年一直没孩子，夫妇俩商量着领养一个女儿，手续办了好几年，在终于快有眉目时，柳母发觉自己有了身孕。他们觉得还未来到身边的女儿是上天的恩赐，使他们一下子有儿有女。柳母辞了工作，专心在家待产，同时为养女布置房间，随时迎接女孩的到来。

　　生下柳笠的半年后，柳家夫妇也迎来了小女儿柳欣，一家四口其乐融融。那时，柳父的生意做得风生水起，他把一儿一女的到来视为福气，在儿女的成长中，夫妇俩一直一视同仁。

　　随着工作的繁忙，夫妇俩经常去各地出差，兄妹俩相依为命，谁也不愿住在亲戚家。柳欣深受养父母的疼爱，哥哥柳笠对她也是爱护有加，柳笠交往的女友，她总是挑三拣四，亲自否定了一大半。柳笠每次跟女孩分手，都带着柳欣一起去，久而久之，很多人也知道柳欣是他的妹妹，兄妹俩默契十足，旁人就算看穿也从不说穿，私底下同情起柳笠身边来来去去的那些女孩。

　　柳欣记不清到底是哪年哪月怀疑起自己的身世，她成长的过程中总能感觉到周围的人对她不冷不热的"关怀"，眼神带着同情。她羡慕哥哥柳笠，他任性妄为，横冲直撞，闯完祸后免不了一顿责罚。而她无论是考试不及格，还是在学校和同学吵架，父母对她通常都是好言相劝，严厉一点儿，就让她去房间反省，哪怕是他们在盛怒之下，她也能感觉到他们眼底的顾虑，他们不是真的在生气，他们在想着别的事，而那件"别的事"是困扰她整个青春期的大事。

女孩的敏感使她产生了一个古怪的念头，如果有天她离家出走会怎样？如果她是在医院被抱错的呢？看看她的同伴们，她似乎又没什么可抱怨的，她没考上大学，柳笠离家去念书，她说什么也要跟着一起去。她觉得自己这辈子，唯一可以依靠的人就是哥哥柳笠。

柳笠收拾行李准备出发，他突发奇想地说："我看你跟我一块去吧，爸妈也没说要你立刻去找工作，到了新环境，再想办法。"

柳欣找了个学校学画画，尽管柳笠学画画时她毫无兴趣，他开玩笑说："这个我可以教你。"

"不，我要跟你画不一样的，将来我可以教你。"柳欣说。

他喜欢她的花样百出，也喜欢她总是千方百计否定他，让他尝尝被拒绝的滋味。被她拒绝千百次，他甘之如饴。

柳欣在绘画班认识了蔷薇，她是画室请来的模特，蔷薇一走进画室，屋里每个人手上的画笔都齐刷刷地停了下来，画架后的一双双眼睛盯着蔷薇。

长相过于甜美的人，走在人群中是对芸芸众生的冒犯，是让人深感不安的尤物。即便无心，也会引来一场轩然大波。

蔷薇是平面模特，容貌出众的她见惯了他人眼中的赞美。她和柳欣相熟以后，曾不无抱怨地说："他们只希望你成为他们心目中的样子，对你有诸多要求，近乎刻薄，无论在你身上发生任何事，他们都会要求你美丽、与众不同。人的刻薄寡恩是嘴上说着动听、心怀大爱的话，内心则抓着小错不放。"

柳欣自知如果没有哥哥柳笠，她可能连半个朋友都没有，追求她的男孩也更喜欢讨好柳笠。她觉得蔷薇与众不同，想法、见解都是她过去不曾有过的，二十出头的柳欣十分欣赏蔷薇，她从来没对蔷薇的外表有过一句赞赏，蔷薇仿佛也感觉到了，她告诉柳欣说："我讨厌穿什么总有人要评论几句，化什么妆都要争论半天，听上去是在夸你，其实每句话都是话里有话。"

蔷薇的追求者中不乏条件不错的男子，柳欣有时颇为嫉妒，一想到他们没有一个比得上柳笠，她又开始替蔷薇感到惋惜。蔷薇带着她四处参加派对，认识了一堆花里胡哨的新朋友，柳笠经常找不到她，接起电话时总是在某个既吵信号又极差的环境。

"你最近画了些什么？"柳笠表现出长兄的样子准备发话。柳欣心里一点儿也不怕，短短半年的时间，兄妹俩各玩各的，她对柳笠的崇拜不再像过去那样了。

"我在学油画。"柳欣想着晚上的派对，心里很抵触柳笠的过问，他从小到大胡作非为，凭什么现在来教训她？

柳笠的手机立刻响了起来，柳欣笑嘻嘻地说："快接呀，不要让人家等着。"

门外有人按门铃，柳欣立刻跑过去开门，说："进来，快进来。"

柳笠不悦地看着妹妹接外人进来，这间屋子是朋友转租给他的，租金不贵，但明确不许带朋友入住。柳欣趁他不在时偷偷开过两次派对，他装作不知，这次竟然当着他的面邀狐朋狗友来。柳笠几步走上去，说："她今天晚上有事。"

"这样啊……"蔷薇身穿色彩鲜艳的系带长裙，化着淡妆，一双明眸闪亮迷人。

柳笠深深吸了口气，他认识的漂亮女孩不少，蔷薇无疑是最出众的。柳欣咬咬牙，道："晚上怎么说？"

"你们去哪儿，我送你们。"柳笠驾轻就熟地改口，引得蔷薇不禁失笑。

"刚才不是说有事吗？"柳欣顿时感到愤怒无比，转念一想，"还有朋友要来，再等等。"

蔷薇只是笑笑，柳笠看着她，漫不经心地说："你和柳欣是同学？"

"我不会绘画，是他们画室的模特。"她露齿一笑，缓缓地走到柳笠身旁。

"我们的画室也缺模特，你有时间吗？"柳笠看着她，眼睛特别亮。

闻言，柳欣赶紧道："哥，你跟我说的模特找到了，叫墨染，一会儿她过来你看看。"

柳笠耸耸肩，似乎不为所动，但又不愿有外人在场时让妹妹失了颜面，说："好啊，晚上去哪儿，要我来安排吗？"

匆匆赶来的墨染，很快察觉出了三人之间微妙的关系。柳欣身边没什么朋友，她把墨染当作倾诉对象，墨染想在绘画上出人头地，需要借助柳欣，通过她获得柳笠的帮助。

懂得钻营的人总有办法发现机会，墨染小心翼翼地处理她和那对兄妹之间的关系，让她感到十分诧异的是柳欣对她哥有着超乎寻常的依赖。柳欣不时地为了一些小事抓狂，整个人充满激动的情绪，她时常表现得忧心忡忡，墨染试着询问，她则三缄其口。

柳笠与女孩交往，很少有超过三个月的，柳欣以为这回最多也就半年，却从电话里听到父母说："你哥的女朋友还不错，结婚的事也该快了。"她听得五雷轰顶，他们是几时回家见家长的？她立刻打给墨染哭诉，说她感觉被家人抛弃了，因为她不争气，一无是处。

柳笠去法国念书时，蔷薇陪着他一起去。柳欣知道父母不会再浪费钱在她的身上，身体每况愈下。

"确实让人可惜。"听完后，我说。

"杏子的事最主要的原因是她知道自己不是柳家的亲生女儿，墨染不知从哪儿知道的，装作好人去提醒她。杏子之前就怀疑，结果可想而知。"薇红长长地吁了口气。

"墨染是为了……"我看着薇红一直在摇头的脸问。

"她为了她自己，他们那个圈子里的人都知道这件事。柳笠和蔷薇本来早就该结婚了，因为柳欣的事拖延了下来。"

"至少他们还在一起。"

"看着吧，事情还没完呢。"

薇红小声地惊呼了一下，她从抽屉里找出一个鎏金小盒，欢喜地说："这只胭脂扣我找了很久，拍完照放在主页上，很多人要买，蔷薇也托人来找我购买。我以为不见了，想不到在这儿……"

我看着她手上镌刻着蔷薇花纹的胭脂扣，搭扣开启、合上，几许胭脂粉末落在丝绵上，浅浅的红，手一揩，长长的一道，欲语还休。

闻香识女人

||||||||||

　　她是不是该做点什么，还是
只能眼睁睁看着他消失？

午后，暖烘烘的风阵阵吹拂而过，猫儿在茶桌上眯着眼睡觉，店员轻声地聊着天。

我拿着大杯的柠檬茶，喝得昏昏欲睡。这时候，冬装已经穿不了了，夏天尚未到来，开暖气或冷气都不合适，人一多，空气里全是汗渍的气味，闻久了，让人头晕目眩。

从美发屋出来的女孩，踩着细高跟鞋在路边等车，猫儿忽然眯着眼瞄了一下，然后继续躺在椅背上睡觉。遛狗的行人边走边抽着烟，站牌下的等车人在打电话，快递将一大堆包裹送入代收点，几个学生一路说着在追的动漫。

我估摸着快要下雨了，在包里翻了一遍都没找到雨伞，一定是换包的时候没把伞一起拿出来。天色转眼暗了下来，我赶紧喝光最后几口柠檬茶，准备回家。突然，一阵轰雷传来，天空被炸裂开一道，闪电呈放射状破开，消逝，再来，又是雷声滚滚。

我穿着皮鞋，沿街的一段路这两天又挖开重修，下雨天简直是场灾难。这么冲回家，半路上一定狼狈不堪，我索性靠在位子上上网。猫儿在第一声雷响时就窜回了窝里，探出脑袋看看外面，立刻又缩了回去。

暴雨如注，店员关上玻璃门，整条街上雨雾蒙蒙，雨滴打在人身上，拉出长长的雨线。雨幕下的城市，如洗涤干净的照片，不仅褪色难以辨认，竟让人有种混沌初始的感觉，一切都是短暂的新颖，一切都是间歇的尘世之初，凋零与幻灭的废墟，那么无望，又因是共同的无望，倒有些安心了。

湿闷而浑浊的空气，让人倍感不适。

店员在手机里跟人说网购了一只印香炉，因为每次脱下球鞋后房间的味道太呛人了，虽然是一个人住，也很担心把自己熏死……猫儿从窝里探头看了看店员，立刻又躲了回去。

我看手机看得昏昏欲睡，趴在桌上等雨停，店员在柜台后絮絮叨叨地说着生活的烦恼，她喜欢上住在她对面的一个男孩，每天回家第一件事便是去窗口看看那男孩在不在，灯开了，他在吃饭、上网，灯没开，他不在家，或许睡了……

纤纤与文涯约在路边的一家小茶楼里见面，她来得早了些，就坐在窗口张望楼外清风细雨，又是下雨天，天空阴霾着脸，水汽蒙住玻璃窗。

她快五年没见文涯了，不曾联络，音讯全无，就像人们常说的，分手的男女想要成为朋友，不过是自欺欺人。此时，她收到一条短信，以为是文涯发来的，却是一个陌生号码："我会离开这儿一阵子，只为了换个环境。"没头没脑地来这么一条消息，她想不出回什么，紧接着，信息主人像是补充似的又发了一条："我不知道和谁告别才合适，很多人都已不再联系了。"

那一刻，酸楚猝不及防地涌上来，文涯入座的时候她赶紧装作在皮包里翻东西。他问她："怎么，什么东西丢了？"她笑道："出门的时候忘带隐形眼镜药水了，刚才有雨水进去了，怪难受的。"文涯抬起下颌，凑过去亲一亲："吃完东西，再去买一瓶，嗯？"

纤纤点点头，她知道他偶尔显现的体贴会让人难以拒绝。

"你身上的香水很迷人。"他说。

"不是香水，我打碎了一个印香炉，被香灰撒了一身。"

"那是什么？"

"朋友搬家寄放在我这里，这下可好，得找个一模一样的赔了。"

文涯笑了笑，没有接话。纤纤心想，也许他后悔问了，她答得这么详细倒像是要他帮忙，赶紧补充说："我订了一个，过两天到货。"

他拉着她的手，贴在脸颊上："晚上去哪儿，嗯？"

纤纤心无波澜地微微一笑，轻巧地抽出被他拉着的手，他似乎有些吃惊地瞥她一眼，从来不会拒绝的纤纤，变了。她想起了住在对面那幢楼里的男孩，晒在阳台上的白球鞋，白色、深色的 T 恤，她不断想到他，昨晚她无意间看到只穿着长裤的他站在阳台上打电话，他身材修长，瘦削而肌肉坚实，她看得心脏扑通扑通直跳，如果她不是起床去喝牛奶，也许不会看到这一幕。

"晚上有点事，约了朋友。"纤纤说。

文涯脸上的表情十分尴尬，他的魅力不再，她爱上别人了？他是纤纤的初恋，这次回来他就是想告诉她，他会留在她的身边。

纤纤拿着手机，眼神游离不定："我先走一步，突然想起一件事，很重要。"

有多重要？重要到丢下他离开？

文涯耸耸肩，故作轻松地与她道别，看着她离去的身影，他一口接一口地喝起闷酒。

纤纤心事重重地赶回家，楼下的搬家车堵在了大楼门口，她绕了好一圈才进入了大门，电梯门一开，她拿着钥匙冲去开门。

对面的屋子拉着窗帘，深驼加白色的面料，她觉得关于他的一切都是好的，阳台上挂着一件他没收下来的格子衬衫。她记得他有件厚实的灰色连帽衫，他在家时经常穿这件，倒在沙发上睡觉，与朋友在家看球赛、喝酒，奇怪的是，她从未见过有女孩出入，这让她感到既疑惑又烦恼。

她拿出手机，重新查阅了一遍那条莫名其妙的信息，谁会发这么奇怪的内容给她。

晚上，她订了外卖，在不开灯的房间里独自吃着晚餐，等着对面房间的男孩回来。

一觉醒来已是半夜，她为了一个陌生人等到趴在餐桌上睡着，睡得全身僵硬，浑身酸痛，仿佛被踩了一遍。

这时，对面亮起了一盏小灯，男孩回来了，拖着一只大箱子，他从柜子里扔出一叠叠的衣物。纤纤吃惊地想起一件事，早先楼下停的那辆搬家车，难道是替男孩搬家的？

她是不是该做点什么，还是只能眼睁睁看着他消失？如果他有女朋友呢，如果他不喜欢她呢……

纤纤站在黑暗中，目不转睛地看着那盏灯光下的人影，他走到厨房，拿出一瓶啤酒，自斟自饮。忽然，他转头看了看她的方向，她赶紧躲在窗帘后，明知道他看不见，她还是一阵惊慌失措。过了一会儿，她自认为已经安全，又开始探头张望。

这次，小灯已经熄灭了，对面一片漆黑，什么也没有。

顿时，她深感失落，也许这是她最后一次看见他，也许他明天就离开了，她到底该不该有所行动？

愁闷的雨天，听到女店员的烦恼，我忽然有些清醒。纤纤靠在柜台后的椅子上，不断询问着电话里的人："我真的要这么做吗……可能人家今天就要走了，赶回去做什么？人家当我神经病吃错药了……不行，我丢不起这个脸，被拒绝怎么办？现在不想说了！"

纤纤重复几次后，终于挂上了电话，绷着脸看手机，不时望一眼门外的瓢泼大雨。一转眼，她又拨了个电话给朋友，第一句就是："不要再劝我跟文涯和好，我知道一件事……"

出差的途中，文涯遇见了一个老同学，快十年没见面了，连带地想起交往了一段时间的纤纤，和她身上独特的香水味。老同学轻笑道："听说你快要结婚了，什么时间呢？"文涯"哦"了声："还没定下日子。"

"你知道吗，几年前我在机场见过你，你拖着行李箱匆匆而过，当时很想上去跟你打招呼，但你走得太快了。后来我跟同学打听过你，很多人都没有你的联系方式，那时觉得很可惜，要是跑上去跟你打招呼就好了，同学聚会你也没来。"

人都有倾诉欲望，埋藏了太多太多的秘密，总会让人在某时某刻喘不过气来。他们高中是熟识的同学，在迷茫的青春岁月，胡作非为的大学时代，文涯对别人说的话总是三分真七分假，只有面对这位老同学，文涯从不揶揄玩笑。

他握着对方有些冰凉的手："……那时候我们是怎么分开的？"老同学抚摸着他的手指尖，修长、有力、有茧，拨弄着，说："后来毕业了，新的学校，新的朋友……各自忙着各自的事，联络就少了。"文涯紧紧抓住对方的手，像是再不打算放开似的，另一只手捧起对方的脸颊，只一迟疑便吻了下去，从耳垂、颈脖一路吻到胸口，动作熟练，一气呵成。对方试图挣脱他，但一碰触他的肌肤，便立刻回应了起来。

"我们认识这么久，却从未认真地谈过这件事，要是你在机场叫住我，也许……"

文涯顺势脱下对方的外套，他说："那次在机场，我总觉得有什么事要发生，如果我当时回头去看，也许就能看到你，也许……"

半夜里，文涯点着烟伫在窗口，寂静、微寒的城市，在异乡，拥着旧时的人入睡，是为寄托。那时候喜欢一个人，很容易，他喜欢长相精致，气质出众的人。纤纤是小女生，女孩时期的天真可爱，横冲直撞，像学生时代的他，他有时也会疑惑是为了缅怀曾经的他而和纤纤在一起，还是纤纤的"鲁莽"是他不曾有过的勇敢。

床上的人醒了过来，从沙发上拿了条毯子给文涯披上："别着凉了。"

文涯开玩笑说他们像一对生活在一起很久的夫妻，只要看到对方在身边，彼此的世界都无波无澜，是可以共度一生的。老同学穿上他的衬衣，笔直修长的腿，赤着双脚，月色下朦胧得让人分不清虚实。文涯一把抱过对方，闻着对方的香水味，只有体香，文涯很确定，与纤纤身上的味道很不同，他问："你平时用香水吗？"

"偶尔。你身上的香味是……她的？"

文涯迟疑了一下，缓缓地点点头："她说是朋友的香料寄放在她那儿，她的每件衣服都沾染了香味。我不太相信。"

"为什么？"

"寄放了一整年，你不觉得奇怪？"

"可能她发现你喜欢这个味道，留了些自己用。"

"也许，她知道了……"

文涯感觉到怀中的人僵硬了一下，房间里顿时一片死寂。

"你很会哄女孩子。"对方说。

"胡说！我最多只开过几句玩笑，别人怎么想我也没办法。"

对方笑着起身，作势要打他，文涯轻易地躲开，忽然看到手机上有一条未读的信息。

幽蓝色的房间，赤脚踩在地板上，发出啪嗒啪嗒的声音，文涯说："我回去以后跟她分手，是真的……"对方只是摇头，床边的小灯被关上又开启，一直重复着这个单调的动作。

"一切都是错的，就这样吧。"

"你这么认为？"文涯问。

"我俩没有明天。"

"爱是什么？"

"听说过，未必想见。"

两人都不再说话，看着远方的日出一点点升起，幽蓝的城市有了些许暖色，清晨的阳光照射进玻璃窗，空空的房间，人去，无踪。

"不、不，你没听懂我说的意思，这不是我的猜想，不是我查他手机看到的，是结结实实发到我手机上的，你知道吗？你明白他骗了我多久吗？你还认为我该跟他结婚吗？"纤纤极力压低的嗓音，穿过轰隆隆的雷声，听得时断时续。

我拿着早就喝空的饮料杯，趴在桌上看手机，手机早没电了。

"我又没怎么样，人家早就搬走了，哪里有你说的半斤八两，哪里般配啊，你是在嘲讽我吗？还有，你那个香料准备几时拿回去，我都快嗅觉失灵了！"纤纤终于吼了起来。

骤然，一阵轰天巨响，天光乍现。

我吓了一跳，只见纤纤拿着手机惊惧地出神，良久，道："他很喜欢，但我不。对了，你结婚时间定了吗，你妈对儿媳妇满意吗……"

雨势渐渐地小了，过不了多久，应该会停下来吧。

沐浴与内衣

||||||||||

　　过去的那些事，都跟青春一
起死了。

　　贾绘愤愤不平地"控诉"她的一个闺密，两人是高中时的好友，前些年好友结婚生子，两人愈渐疏离、隔阂。

　　让她难以忍受的是："一见面没聊几句，她就问我怎么还没结婚，那口气比我妈还老，我听了差点噎住。她见我没反应，就开始劝说我早点结婚，晚结婚对生孩子没有好处……甚至对我说，女人趁早结婚才能嫁得好点，不然男朋友都被人抢走了……"

　　她无法停止气愤，险些失手打翻手中的玻璃杯。我赶紧说："你告诉她，过些天你要跟男友去度假旅行，这个周末约了朋友去泡温泉，最近又买了什么牌子的内衣。"

　　贾绘哧的一声笑出来："不是品牌，全手工的内衣。"她在衣柜里翻了翻，拿出一件带有刺绣，饰有花边的打底衬衫，尺码十分宽松，有褶纹，领口和袖口处有束带。

　　"这件更像睡衣，款式很复古，面料是亚麻的？"我说。

　　她点点头："是打底衬衫，我出去旅行时为了能少带一件，背包里通常会塞个两三件。罩上外套，打底衬衫的领口和袖子上做些小装饰，非常百搭。"

贾绘有本衣着笔记，里面粘贴了许多她新式服饰的相片。她的主页上通常会放一些新添置的服饰的照片，她穿上服饰的照片只放在笔记本里。她说，刚开始的时候她也上传过自己的照片，某天出现了一些尖酸刻薄的评论，甚至把她随意剪切到不堪入目的图片中去，让她精神大受打击。

"要删除干净几乎是不可能的，你后来查到是谁做的了吗？"

"没有，从来没有查到，能想到的办法都试过了，现在已经……习惯了。"

贾绘属于心比较大的人，在主页上删光照片后，她消失了一段时间。

"那时你去了哪儿？"

"去泡温泉，每个周末都去，旅行地也挑能泡温泉的地方。"

"有用吗？"

"当然，"贾绘郑重地点头，"如果我总想着那些恶意的评论，就会不断怀疑自己的整个人生。后来我想通了，他们过得并不如意，才拖着别人一起下水，这样可以让他们心安理得地面对自己的一无是处。刚开始的时候我觉得很委屈，拼命想澄清，自己不是他们说的这种人，但很快我就放弃了，太难受了。"

"一切意欲证明自己的表达，在他人异样的目光里只能成为更大的污蔑。大多数人只想在出事后看戏，不等到严重的事发生在自己的身上，都是无动于衷的。"

"那会儿我还在念书，一下子就见识到了人性。"贾绘顿了顿，"我查过，用很多方法拼命想挖出是谁在背后捣鬼，我虽然没有证据证明是谁，但还是知道了一些事。"

贾绘从衣柜里找出一件纯色的长款内衣，衣袖宽松有褶，袖口有丝线带收合，圆领，鼓鼓的衣袖使内衣呈现出灯笼状。她换上之后，外罩长款针织衫，问："这样去泡温泉，你觉得怎么样？"

"好。"我想到她发现了什么事。

"在这件内衣外面我试过紧身褡，搭配蓬蓬裙，我最喜欢这么搭衣服。你知道紧身褡吗？"

"让身体看起来像沙漏的胸衣，不少礼服裙直接设计成这种款式，正面的搭扣，背面有束带。"

"你觉得这件怎么样？"她拿着一件用坯布制成的紧身褡，颜色偏深，细节缝合密实。

"这件是你收的古董款吗？"

她立即笑着点头："旅行的时候买的，我早就想去逛二手衣市场了，那次淘了不少好东西。回来以后，被我妈数落了好一阵子，别人都是去买新款，我去收了一堆破烂，把她气得要死。"

"后来呢？"

"我打理完，放在空间里闲置，很快转手了将近一半，有些我特别喜欢的只做展示，属于非卖品。"她笑得很开心。

"古董衣会搭配，质感比现在的服饰好很多，那件丝质是？"

"嗯，上面饰有蕾丝。我有些后悔没买下那件丝质塔夫绸的紧身胸衣，紫色绣花，我有条深紫的裙子可以搭配，放在空间里也好啊。"

贾绘的一个衣柜里几乎都是各式各样的睡衣，我看到一条曳地衬裙，白色，层层叠叠的荷叶边，腰部加褶以代替腰带，这是衣柜里唯一一条整套衬裙。我好奇道："这件没在你空间里看到，差点错过。"

"我在等一件和它搭配的大衣，颜色柔和的毛料加花边装饰，小腰身大衣袖型加小竖领，秋冬季节时穿很合适。"

"那时听你说，还以为你是一时好玩，没想到你坚持了下来。"

"我也觉得奇怪，"贾绘表情无奈地笑了笑，"要不是那件事，我可能早就放弃了。我把自己穿复古装的照片发在网上，起初就是想引人瞩目，我觉得她们的衣着太奇怪了，好像只要把任何品牌的新款都用上，就一定好看，大家看了不停地赞美，惊为天人，简直就是皇帝的新装。"

我看向一双丝质针织长筒袜，又看了看她："对衣着品位的评价，最容易引来剑拔弩张的回应，服饰本就有阶层的含义，人们花高价钱去买限量款，一方面是为了拉开与大众审美的通俗性，另一方面当然是为了凸显自身的特立独行。只不过，审美相当考验人的内在品位，穿在超模身上的衣服大多数人穿着不好看，自己发挥创造，结果可想而知。"

"难怪骂得那么难听。"

贾绘和我同时叹了口气，衣着打扮上的事，别人征求你的意见，怎么回答不仅是门艺术，更考验两人之间的交情。

"你真的打算这么穿着去泡温泉？"我问。

"嗯，"贾绘收拾了件衬裙扔在手袋里，"你收拾好了吗？"

"等等，你说去过什么节？"

"浴佛节。"

浴佛节，又称佛诞日，相传是释迦牟尼的诞辰，在每年的农历四月初八。

贾绘每次出游，都不忘四处搜寻下寺庙进香，这次上山烧香拜佛，正好赶上浴佛节，她带了两件不同款式的衬裙内衣。

"专门为了泡温泉？"我放下行李，跑去看她还带了什么。

"还为了泡澡和香药糖水，我堂妹会煎香药糖水。"

南朝时的五色香汤变为北宋的香药糖水，古人在浴佛节这天不仅喝糖水，还去湖边放生。僧尼们以小盆贮铜佛像，浸以糖水，覆以花棚，走街串巷至百姓家，以小杓浇灌洗佛，以求施舍。善男信女立于船上或岸上，竞买水族而后放生，热闹程度不逊于春节。

"糖水是用什么煮的？"我好奇道。

"古人是用豆，撒了盐让路人喝。我和堂妹都喜欢甜的，为了不辜负'糖水'，找了平常食用的豆类放在一起煮，放上少许香料。五色香汤浴佛，以梁香为青色水，郁金香为赤色水，丘隆香为白色水，附子香为黄色水，安息香为黑色水，以灌佛顶。这种浴佛是吸取了五色吉祥从浴佛中衍生出来的习俗，从佛门走向市井百姓，加上能工巧匠的发明，自动喷水浴佛受到更多人祈求恩福，乞求浴佛水饮漱。”

贾绘走去开门，手上接过一个大保温瓶，说："开动吧，吃完就去泡温泉。"

温泉在山涧中，那里枝叶扶疏，人影隐约。耳边不时听到笑声和说话声，不见其人，只闻其声。

水上飘着几缕雾气，走在石板上的木拖鞋啪嗒啪嗒地响。贾绘将手机放在防水罩里，指挥堂妹给她拍照片，堂妹抱怨道："你的自拍杆呢，不是已经买好了吗，为什么不带来？"

"我是跟你们一起来泡温泉的，还带着自拍杆别人会以为我是'独行侠'啦。"

我抱着一堆吃的、用的，看着这对堂姐妹争论。

"你以前不是常一个人出去玩的吗？"堂妹说。

"那不一样，"贾绘忽然有些气愤地说，"那时感觉身边没有一个朋友，只想一个人待着。"

我意识到贾绘说的是那段时期，远离曾经信任的朋友。堂妹也听了出来，小声地问："这天看起来要下雨，一会儿还出去吃宵夜吗？"

"当然啊，不是带了扑克牌吗，一边打扑克一边等着呗。"贾绘道。

这时，台阶上响起了一阵脚步声，我抬头看了看，不见有人走来。

"你们看，真的下雨了。"堂妹摸着头发，一头乌黑的长发，用发圈梳成丸子头。

天空变得幽暗，山涧水雾朦胧缥缈，宛如步入世外仙境。比起阳光海滩，我反而喜欢这样的幽静细雨，雨滴落在新鲜的水果上，打在玻璃杯上，发出清脆的声响。

烟水靡靡，树下一泓又一泓的温泉，泉水汩汩流淌着。一草一木，凋落的小花，漂浮在水上。

堂妹坐在温泉边上，把解下的发圈戴在手上，手指作发梳，扒拉了几下，问："上次你说谁的孩子满月喊你去吃满月酒？"

贾绘换上另一件衬裙胸衣，站在树荫下让我替她拍一张，闻言，答道："我以前的闺密，结婚后只在生孩子、过年时才联系我。"

"友情破裂了吗？"堂妹不禁问。

贾绘穿着木拖鞋，站在台阶上发出一阵刺耳的声音，一转眼嗒嗒嗒跑到栈道一边，说："从我被人在网上攻击，我和她就已经没什么可说的了。"

她堂妹朝我做了个诧异的表情，我摇头表示不知其中内情。

"你们肯定认识这样一种人，他们看起来无害，对谁都一视同仁，很公平、很公正，说话从来不刻薄，让人很容易产生信任感。而你，也会有种对方是知己的错觉，在很多热闹、重要的时刻，你们也会在一起玩。然而，当有一天你的生活发生了重大的转变，以为可以听听她的意见，寻求一下支持时，才发觉对方希望你不要打扰她，她除了应付地劝你几句不要多想，就没有其他的了。如果只是发现你看重的朋友不尽如人意，那也就算了，你不能要求别人也以同样的方式对待你。可是，"贾绘冷冷地哼了声，"要是你发现早在你倒大霉之前，你的闺密就已经知道，她非但没想过要提醒你一句，还和别人一样等着看你的反应，你会不会五雷轰顶？"

难怪她之前那么愤怒，原来事情是这么回事。我轻声问了句："你最近才知道的？"

"是的，不但知道，而且也知道了当年是谁在背后捣鬼，我的好闺密虽然一清二楚，却从未想过要告诉我。好，我不怪她，那时我一个人承受那么大的精神压力，她从未打过一个电话给我，我安慰自己说这是我的事，不该连累别人。可你们知道吗，她结婚时我和她已经好几年不联系了，她突然发了个请帖给我，我还是去了，以为一定也有很多别的老同学，结果到场的老同学就我一个。下一次联系，她第一个儿子满月酒，再下一次联系，她第二个孩子满月酒，我没问她第二个孩子是男是女，因为我压根没回。过去的那些事，都跟青春一起死了，她倒好，还惦记着对自己有用的再扒拉一些过去。"贾绘说着，跳进温泉里，发出扑通一声巨响，桌上的水果也跳了几下。

她堂妹拿着相机摆到桌上，确定安全才回到水池里。我靠在一边，听到耳边水声流淌，细雨蒙蒙，我问她堂妹："当时在网上攻击她的人是熟人吗？"

"不知道她闺密是不是参与了，听她说起这件事，我觉得她闺密应该从一开始就很清楚。"贾绘的堂妹无奈地摇头。

　　"贾绘是怎么熬过来的？"

　　"一团糟，后来转了学校，一直到毕业以后才好起来。我刚上大学时，她已经开始工作了，她常带着我去泡温泉，说这样才能让自己放松，然后把精力投入到别的事上，一步步走出来。当时她收到闺密的请帖，我跟她说不要去，她还是去了，可能那时她就有所怀疑了。"

　　"死了的青春，还是被风吹散吧。"

西门家的餐桌

||||||||||

　　为了她，我躲在衣柜里等她
回来……

|||||||||||

怎么说呢，去赴鸿门宴，也比西门宴好听些。

前者尽管听起来险象环生，到底还是精彩，后者就不单单是精彩，史有层出不穷的笑柄等着日后喝一壶。

宴席的主角就叫西门，每个人在背后都这么叫他，无须过多的介绍，直截了当地概括。

我奇怪禹汐竟然有这么奇怪的朋友，以为一个宁则维已经足够。禹汐发消息说会晚点赶来，自助餐式的宴会上，应邀者多是禹汐工作上的朋友，她需要找几家休闲食品推荐给客户。

"我去合适吗？"去之前，我在电话上问。

"你不是懂吗？"她语气十分奇怪地说。

"懂吃吗？"

"进口食品你不是懂吗？"

"哪有，那个不是，只是知道一些产品种类，而且大多跟机械有关而已。"

"足够了，你先去等我，一会儿我就到。"

我猜想宁则维一定是给了她很多工作上的压力，逼得她连这样的应酬都要参加。我逛了一圈没看见一个熟人，便在外厅晃悠，宴会包间与外厅有一段距离，游廊下的宾客三两结伴而行。

喷泉前有几个人聚在一起拍照，两个小孩开心地洒着水花，在旁的大人随即一手一个带走。我看了看时间，距离禹汐说的时间还有一刻钟，我坐在游廊下等她，一眼就能望到大门。

这时，一个男子走到游廊下点起烟开始抽，一根接一根，每次都抽到剩下半支便扔掉，看起来颇为烦躁。我看了看四周，一个小孩也没看见，大概他是被赶得烦了，才跑到游廊下抽烟，我思忖着要不要也表达下意见。

"你有火吗？"他忽然道。

"我上火。"我说。

他看了看手上的烟，摁熄了，笑道："这里到处都禁止抽烟。"

"是啊，树木繁多，万一着火……会来不及逃的。"说这话时，我看了看庭院里的水榭楼台。

他笑了笑，坐在游廊下，面向林子。有好一会儿，四周静悄悄的，远处传来若隐若现的笑声，初夏夜晚闷热，穿着丝袜和薄衫的女子们，白天的妆容花了，画了眼线和睫毛的眼神略显疲倦，外套挂在手上的男子们慵懒地走在女眷后，小孩精力充沛地到处奔跑，被大人一把抓住，乖不了一会儿，一撒手又到处跑了。随大人来宴会的小孩不少，

愿我的世界总有一个你

刚见面的小孩熟得快，难得有这么多玩伴，一个个跟约好了似的疯，需要应酬的大人根本管不住，只好限定他们的活动范围，不许他们跑到外厅去。

男子从口袋里找出一小瓶酒，然后向我示意了一下，我摇摇头。他一口接一口地喝着酒，就像他抽烟时一样无所顾忌。我想起从前加班到很晚，从公司回家，电梯里走进穿着一身西装的男子，松垮的领带解松了一半，站在最里边的位置，垂着眼谁也不看，进出电梯的女孩不时地望他一眼，略带颓废的风格与西装革履的形象截然相反，却是都市夜幕下最写实的姿态。

眼前的这个人也是，好像没什么事能轻易打动他，年纪不大，却一脸看尽人世丑恶的疲倦。我忽然冒出一个奇怪的想法，说："你也被朋友放鸽子了吗？"

"我想也是，"他表情古怪地点点头，并不显得失望，"宴会已经开始了，你不进去？"

"我有点担心在路上的朋友，而且里面的人我一个也不认识。"

他耸了耸肩："被男朋友放鸽子了？"

"你被女人甩了？"

我们打了个平手，他毫不在意地一摊手："里面有个我不想见的人，这个宴会又专门请了她来参加。"

"女朋友？"

"女上司。"

"婚外恋？"

他咧开嘴笑了起来："不，不是！当然不是！没有结婚，不是电视剧！"他否认得很坚定，看上去并没有生气。

"你是第三者，把上司的未婚夫踢开，是这样的情况吗？"反正禹汐不知几时能赶到，我先找人聊会儿天好了。

"不是！"

"你引火上身，现在只好躲在这里。"

"不是！"他否认得很认真，一改先前的颓废形象，表情乐不可支。

"你没吸引力，人家不喜欢你。"

"啊！不是这样，等等，你说我没吸引力？"

我点了点头，打量他一眼，又点点头。他摇头叹息："不是你想的那样，我做错了很多事，怪我自己……"

他叫姬丰，聪明而有幽默感，早在毕业前就已经收到几家公司的面试录取通知。年纪轻轻便已经尝到成功的滋味，他看不上普通的职业，每天朝九晚五地工作，按部就班。

姬丰的父亲开了间餐馆，一直希望他大学毕业后能帮家里打理，他是独生子，父母的一切将来都由他继承。从小他就讨厌油腻的厨房，烟熏发黑的墙壁，虽然每年他母亲都会找人来粉刷一新，他还是无法抑制心里的那股反感。他毫不掩饰地表示：我喜欢冷冰冰的环境，不需要很多关心，更不需要那么多在乎，我喜欢做什么都没人在意，每一天都是新的开始。他成长的环境中挤满了太多熟人，他们宠着他，他的一举一动，转眼便会传到他父母耳中。刚念大学，家里已经在替他考虑结婚的事，拿了一堆女孩的照片给他看，长相、家庭条件优秀的不少，随他挑选。见过他的女孩，不乏对他一见倾心者。

"我从没追过女孩，都是女孩子追我。"姬丰说。

"你能活到现在，一定是老天眼瞎。"我说。

他认真地点点头："你有没有躲在衣柜里的经历？"

"嘿，"我只好对他遗憾地一笑，"柜子打开就出来的那种吗？"

"行了，"他没好气地摇头，"没那回事。为了她，我躲在衣柜里等她回来……"

"看到什么了？"

他眼神古怪地瞅了我一眼，说："是在我自己家的衣柜，不是在她家里。"

我毫不掩饰失望地摊手，姬丰叹了口气："有句话怎么说的？"

"出来混，迟早要还的？"

"嗯，差不多就是这样。我以前不知道喜欢一个人是这么开心的事，只觉得很烦，女孩要不停地哄，要随时嘘寒问暖。那时我工作非常忙，为了这个那个节日要不断安排，应付各种各样的约会，到哪儿都是闹哄哄的一群人。我交往了三年的女友，分手时说的那些话，让我吃了一惊。"

"都是骂你的？"

"差不多吧。她这么怨恨我，为什么还能和我在一起三年，难道她是为了恨我才跟我在一起的？"

我叹了口气，这个问题恐怕永远无法说清楚，何况因人而异。我说："因为你没有爱过她。"

"你这么认为？"

"她越恨你，越表明她心里是知道的。人一旦过了某个年龄，是很难再这么不顾一切去爱一个人的。"

"她知道为什么还要这么做？"

"你为什么不去宴会上和你喜欢的女上司见面？"

姬丰似乎明白地点点头："你饿不饿，去吃点东西？"

我望了眼大门的方向，没有禹汐的半点踪迹。他说："通常一个人迟到这么久，要么是临时有事，要么是不来了。"

"菜肴怎么样？"

"我看过菜单，家常菜。"

"我怎么听说是休闲食品和酒类？"

姬丰充满同情地瞥了我一眼，说："难怪你朋友现在还没来。"

姬丰的女上司叫宋蕙。进宋蕙的公司之前，他已经连续换了三四份工作，家里急着要他稳定下来完成终身大事，他跟交往的女孩分分合合，无论父母怎么在他耳边念叨，他都无动于衷。

他自嘲在 25 岁之前的人生几乎是一帆风顺，在那之后，他便一路走下坡路。25 岁以后，他认识了宋蕙，一个成熟、充满魅力的女人，职场上雷厉风行，风姿绰约，资历尚浅的姬丰被她深深地吸引了，她说话的声音很温柔，不像她的外表那么冷漠，每次与她说话，姬丰都感到莫名期待。

他交往过的女孩大多年龄相差无几，很多比他小几岁，他冷冷地说："我受够了小女生，跟漂亮没半点关系。遇见她之前，我没想过会喜欢像她这样的类型。她是那种不容易动怒，更不容易开心的女人。"

某个晚上，他和当时的女友在沙发上看电视，忽然接到宋蕙打来的电话，他跑去阳台上接听。宋蕙在电话里称赞了他工作上的表现，因为临时有客户要来吃地道的家常菜，问他有没有推荐的地方。姬丰从未想过有天需要把老爸当作救兵，他立即说有，约定了见面地点后他匆匆赶去赴约。女友从卧室一路跟着他走到门口，狐疑地问他要去哪儿，他充耳不闻。

姬丰的父母见儿子终于带着个女孩回家，但仔细一看，与他们想象中的温柔贤惠的儿媳妇形象相去甚远。一听是儿子的上司，有些安心地套近乎，做了一顿丰盛的家常菜。宋蕙十分慷慨地买了单，临走时，特意对姬丰的父母说："非常感谢，今天多亏了你们帮忙。"

"太客气了，"姬丰母亲热络地说，"他电话里没讲清楚是公司的酒桌，我们以为是他要带女朋友回来，他呀，工作很投入，就是个人大事不积极。"

宋蕙笑了笑，姬丰立即上前解围，在父母惊疑的目光下，他拉着有几分醉意的宋蕙出去打车。

出租车司机见怪不怪，公寓的守卫多看了这对一眼。姬丰替她开门，抱她躺在床上，顺势被她勾倒，她很安静，脸色红润，眼神迷离。酒后未必乱性，但是借酒壮胆倒是真的，姬丰吻了她，她没有推开他。

"我是人渣吗，乘人之危？"姬丰拿了一盘火熏肉，我拿了一盘水晶鹅，数量不多，交换着吃。

"如果当时你没被扇巴掌，事后也没有，那应该不算吧。"

宋蕙熟睡后，姬丰抽起了烟，拿起她抱着小女孩的相片框，女孩的嘴角很像她，浅浅的小酒窝。姬丰听说过宋蕙离婚时有一个女儿，前夫得到抚养权后带着女儿去了国外定居。

手机上显示有五个未接来电，七条消息，都是他女友打来的，他试着回拨过去，想了想，还是挂断了。

离开之前，姬丰放了杯水在宋蕙的床头，他写了张纸条，试图解释前一晚发生的事，一想到女友在电话那头疯了似的问他在哪儿，他最终撕了纸条。问题需要一个个解决，等宋蕙酒醒了，他再当面向她解释。

街上细雨灰蒙，那一瞬间姬丰感到背后有人看着他，等到他回头去看时，只有拉起的窗帘。他知道宋蕙站在窗帘后，她在乎他，早在他面试那天两人第一次见面，她就在乎他。

女友打来电话说，她在姬丰父母的餐馆里，让他赶快过去。他吃了一惊，心中千头万绪，她怎么会跑到那儿去？

赶到餐馆，父母与他女友相聊甚欢，女友的双眼浮肿如核桃，显然是哭了一夜。他父母看在眼里，没有说破："等半天了，你总算回来了，早就该带女朋友回家给我们看看。"

这场戏，姬丰陪着女友演完，他知道自己亏欠她太多，待送走她后，他向父母坦白承认宋蕙才是他爱的人。父母知道宋蕙离过婚并且有一个女儿后，对他失望得直摇头叹息。他母亲后来对他说："我们一直催你结婚，其实是心里早就在担心，你从小骄傲、冲动、没有责任心。女孩子愿意跟你，是因为她们并不了解你。宋蕙不是她们，你担负得起吗？"

姬丰无法回答，他并未认真想过这个问题："后来我辞职了，这个宴会是应朋友之邀，来了才知道她也接受了邀请。"

"你不想见见她，把话说开？"

"能改变什么吗？"

我看到宴会上的人越来越多，不禁问："听说宴会的主人叫西门，一直没看见真人啊。"

闻言，姬丰似乎吃了一惊："你可能走错地方了。"

"什么？"我怔住。

"隔壁酒楼订了一桌西门宴，摆了个很大的招牌，但摆错了入口，我来的时候差点走错了。"

我急得跳脚，心里埋怨禹汐迟迟不到，结果是自己走错了地方，还吃了霸王餐。

西门家的餐桌

141

"喂，不再聊两句吗？"姬丰跟了几步出来。

"晚餐很好吃！"我继续脚底抹油。

"喂！"姬丰叹了口气，沉默地站在游廊下。

"当时没挨巴掌，现在也不用怕啊，忍一忍就过去了。"

"嗯。"他在摇头。

"喜欢就说出来，总比错过要好啊。"

"没了？"

"要一直骄傲下去，厚着脸皮也行啊，没准真的能改变。"

不等他有什么回答，我已经跑出了庭院的游廊。

西门宴的酒楼外，禹汐沉着脸，正气呼呼地等着我。

花汁糖露

||||||||||||

红短裙女人扳回一局，靠在椅背上睡了。

"好久不见！"

"真是太巧了！"

一对熟人模样的女人在候车室里遇见，一个一袭深红短裙的女人在出差途中，另一个身着休闲阔腿裤的女人笑吟吟地用戴了婚戒的手梳理头发。两人互相拉着走到一起坐下，一边抱怨火车晚点，一边说起各自的近况。

我坐在她们后一排的位置，对着检票口，一抬头便看到她们挤着笑容在说话，红短裙女人任职公关公司，抱怨工作繁忙，一年到头四处奔波，整天与名人打交道，斗智斗勇，一旦出事，像个消防员一样到处灭火。阔腿裤女人称赞好友几句，说起自己的生活颇为愤愤不平，大学刚毕业便嫁了人，辞职前在公司管财务，工作轻松，薪水也不错。可孩子接二连三到来，她只好退一步，专心做全职太太。

红短裙女人"哦"了一声，又怕伤她自尊心，说："等孩子长大些，你也好空闲一点儿。"

"是啊，我也跟我老公这么说的，他就不大赞成，他说你喜欢管账是吧，他公司正好缺个人管财务，到他公司上班去。我是不高兴让人背后说，生完第一胎，我回公司上班刚半年多，结果又有了，这次不得了，是双胞胎。我老公、公婆坚决让我安心养胎，连我爸妈也说身体要紧，我没办法了，只好跟老板辞职。老板人很不错，让我再考虑一下，我想了想还是算了。"阔腿裤女人说着一声叹息。

"那也不错呀。"红短裙女人撩了下肩上的碎发，从皮包里掏出一管口红，补起妆容来。两人一时无话可说，阔腿裤女人专心地看着手机。

过了一会儿，火车到站了。我背起包去排队检票，那对朋友正好排在前面，红短裙女人问了声："你座位在哪儿？"阔腿裤女人找了找，一时没找到，看着手机说："你看，这个位子离你近吗？"

"差不多，上了车跟人问问，换个座位。"

"还好遇见你，不然一个多小时的火车，闷死了。"

两人一连声称好巧，到了目的地一起吃顿饭。

"你出差挤得出时间吗？我老公在那里开会，周末婆婆过来照顾小孩，难得跟老公两人过个周末。"

"有时间我们是得好好聚一聚吃个饭，上一次听谁说召集同学聚会，结果没声音了。"

火车上，我的车票是中间的座位，既不能自如行动，也不方便打瞌睡。忽然，座位上方有人拍了下："能跟你换下位子吗？"

我抬头一看，只见红短裙女人嘴角抿出一丝笑容，我问："换哪边的位子？"

"我这个靠窗，对面那个。"红短裙女人指了指。我一看，位子比较宽敞，边上看起来不像能坐满的样子，便道："好的。"我拿了背包，坐到了窗口边。

红短裙女人在座位上忙碌了起来，先是找出一双拖鞋，换下的高跟鞋被仔细地放在架子上，她肩上覆着一块柔软的披肩，跟朋友说："我一下火车就去见客户，不能有一点儿差错，大老板从国外飞过来开会，也不知道要我这个小喽啰去凑什么热闹。"

阔腿裤女人拿了些吃的放在小桌板上，笑了笑不答话。红短裙女人又道："周末这么好的天气，平白无故就被浪费了。"想了想，这话可能会产生误会，立刻补充道，"还好遇见你，真是万幸。"

"要不是我老公说去，我也宁可在家吹空调，陪陪孩子。这种天气，走在路上太晒了。"阔腿裤女人剥着手上的橘子，表情若有所思地问，"班长结婚，你去了吗？"

红短裙女人先是愣了一下，大概是没立刻想起来，问："他结婚了？"

"是啊，之前谈的两个都说家里反对，人家小姑娘等不起。他自己也赌气，年过三十，他家开始急了，怕他出了什么问题。"

红短裙女人惊诧地笑了："真有这回事？以前看……"

"没有，就是赌气，后来娶的老婆是他同事，跟他母亲处得不开心，夫妻俩自己搬出去住了。我前几天逛街的时候还碰见了班长，他当时看起来有点尴尬，我心想可能娶了天仙，难怪不让人见。你猜怎么着，跟他一起逛街的居然不是他老婆，我比他还尴尬，没说几句就赶紧走了。"阔腿裤女人说着又是叹息，又是嫌鄙。

"他看起来挺木讷、耿直的，班主任以前老夸他靠得住。不过他有点那种……大男子主义，每次有谁夸他几句，他就特别自满的样子，不能有半句不好的话。"红短裙女人将身上的披肩抓拉了几下，说，"冷气太足了。"

"我就经常跟我老公说，看起来可靠的男人心眼最多，他上次面试了个女助理，我还没觉得怎么样，我几个闺密一听，全部劝我不要。我老公无所谓，后来找了个亲戚家的孩子帮忙，省心。"阔腿裤女人用湿纸巾擦干净手，找出一支护手霜涂抹着。

红短裙女人陪着笑："这个牌子好用吗？我上次在机场免税店看到一套，没买。"

"还不错，换来换去就这么几个牌子好用，托人代购太麻烦了，就国内买吧。"阔腿裤女人拿出一只小靠枕垫在脖子后面，她的旅行手袋像个百宝箱，随时能拿出各种各样的物件，以备不时之需。

"到站有人来接你吗？"

阔腿裤女人似乎惊讶了一下："哎呀，忘了跟我老公说几点到站了，他现在多半抽不开身了，我的记性真是……"

"我送你好了，这么热的天叫车太难了，公司订的车。"红短裙女人扳回一局，靠在椅背上睡了。

走出火车站，烈日当头照，万生万物都一副垂头丧气相，茂密的绿荫人行道，遮挡住一部分阳光，漏出来的几道光芒也叫人难以忍受。

因为打不到车，我走去公交站牌看了看，恰巧一辆公车正好进站，我赶快上车。住宿地离看展地点不算太远，我匆匆吃了几口饭便又出发，为了避开烈日酷暑，一直逛到闭馆才跟着人潮往外走。

禹汐发消息问我看得怎么样，她在出差途中，乘晚上的飞机过来。我将拍好的照片传了些给她，问起附近的餐馆，这么热的天，让人没什么食欲。

"有家吃花汁糖露的店，我去过很多次，你要是去的话帮我带一份，飞机餐太难吃了。"禹汐把地图发给我，我看了下距离，离我的位置并不远。看着路边一片等车的人，我放弃了等车，步行过去还快些。

店铺开在酒店边上，深色的几何结构，像个无法扭转的魔方，内部木质的装潢颇有悠闲的度假气氛。起先，我以为走错了地方，明明是个小店铺，看起来却像个高档酒店。走进店里前，我发现店铺与酒店相通，不管是专程来吃东西或住酒店，都容易走错。

禹汐口中的花汁糖露，是用几种水果与花的汁浇在糖酪上的甜品，我坐在座位上看着甜品师在一碗樱桃上浇乳酪，再加上蔗糖浆，放在玻璃碗里，颜色绚丽，让人看得嘴馋。柜台后的架子上摆着各式器皿，琉璃盘、玻璃碗、金盘等，高脚杯里是粉红通透的玫瑰露。我点了一份花汁糖露，见每张有食客的桌上几乎都摆了份浇樱桃，便也加了一份，换了个在角落的位子大口吃。

宋人有诗，金盘乳酪齿流冰。今人吃的西式口味，古人也吃过。甜腻如多情，佐上乳酪浆寒，冰镇过后，像小说描绘的初恋，冰冰凉，甜丝丝，盛夏的郁郁葱葱，充满生机和未知，不舍得吃也要融化掉。

坐在我前面一张桌子上的一对情侣在讨论晚上去哪儿泡吧，男人忽然想起一件事："晚上走不开，有客户要应酬。"女人"咯咯"笑了几声，嗓音又滑又软，一双做了美甲的手纤长白嫩，夸张的指甲仔细看有些瘆人，男人看得出神，却又立即收回眼神，"突然来了一群客户，不去不行。"

女人拿着小勺在冰沙里翻来覆去，樱桃红的汁水溅在桌上。胳膊肘支在桌上，柔软的面料贴在身上更显身材曲线，冰肌玉骨，冷若冰霜。男人不停地赔笑，低声说："只是今天晚上，客户明天就走。"

"是嘛。"女人整理着手腕上的链子，水晶、珍珠、玉石挂满一圈又一圈，琐碎凌乱，精致而碎片，仿佛她的咬唇妆，欲罢不休，欲迎还拒，然后她慢悠悠地说了句，"她来了？刚才你手机响过，你没有接。"

"回去再说。"男人沉闷地说，找了打火机想点烟，一看店里的禁烟告示，便扔掉手上的烟。

"是你要我来的，我自己有安排，现在倒好。"女人的声音又软又柔，眼睛盯着手上的链子，男人握着她的手腕，她没有甩开，只是把脸偏到另一边。

"我吃得差不多了，准备去逛夜市。"这时，男人的手机又响了起来，他一看信息，犹豫不决。女人很快站起身："你快去吧，我约了人。"不等男人再说什么，她拿着手袋走了出去。

花汁糖露装在透明的玻璃瓶里，我拿在手上一路走，一路喝，只为欣赏夏日的夕阳。空气又甜又黏腻，每一阵风吹在身上，都能引起新的热浪。餐馆门前排起了队，没等到号的人排在门外，一边用手上的纸巾擦着汗，一边问："他们来了吗？快点告诉我人数……"

我喝了一口花汁糖露，尝到了盛夏的味道，第二口，是青涩的甜味，青苹果的酸，桑果的果仁。一眨眼，我喝光了一瓶，玻璃瓶拿在手上凉凉的，想着回头再去喝。

凉亭的水池前有几个人在纳凉，有人手上拿着与我一样的花汁糖露，我不免多看了一眼，发现是火车上的红短裙女人，她换了件上衣，T恤加红短裙，脚上一双板鞋。红短裙女人摇了摇手上的饮料："很好喝，这是什么？"

"花汁糖露。"说话的女子侧过脸对红短裙女人说。

我看对方十分眼熟，想起来她是刚才在甜品店铺里的那对恋人之一，她与红短裙女人是好友，两人坐在凉亭下似乎在等人。

"就是在你说的那个酒店里买的？"红短裙女人瞄了眼同伴。

"是酒店边上的甜品铺，"她同伴道，"对的，他也在这里，我刚跟他见面了。"

"吵架了？"红短裙女人轻轻一笑。

"他家里来人了。"她同伴满脸幽怨地说。

红短裙女人深深地叹了口气，坐在她同伴的对面，正好对着我。我赶紧换了个位置，低着头给禹汐发消息。红短裙女人浑然未觉，好言好语地劝了几句，忽然，话锋一转："你也真是的，他怎么可能是真心的，就是随便说说的，这种人到处都是。"

"我认识他多少年了。"

"有什么用？还不是娶了我那个同学，我在火车上遇见她了，她说丈夫没空来接，我就猜到是这么回事，突然杀过来抓奸。"

"她当初用孩子跟他要挟，他爸妈……"

"好啦，他肯定不单是为了孩子才娶她的，你也不要放弃自己的职位。我那个同学肯定不是省油的灯，她老公要是敢跟她离婚，肯定世界大战。公司把你外派，这是天大的好事，你帮我多买些东西。"

她同伴哧的一笑，红短裙女人忽然站起身，一边对着前方挥挥手，一边对她同伴说："走吧、走吧，他们来了，泡吧去。"

红短裙女人扔了手上喝光了饮料的杯子和她同伴很快走了。

看着饮料杯，我忽然发觉一件事，禹汐要求的那份我忘了买，只能暗暗祈祷飞机误点。

夜访沈园

‖‖‖‖‖‖‖‖‖

　　现在我终于明白了，为什么蔷薇会和你分手，真难为她跟着你这么多年。

出门的时候，我特意在衣服上洒了花露水，禹汐一闻到味道，跳着脚地叫："你跟我外婆一样了嘛！"

"呸！"我气得直笑。

"你要涂香水告诉我啊，我有的。"

"我是为了赶蚊子，身上被咬了好几处。这会儿去沈园看戏，不知道还要被咬多少处。"

禹汐在行李箱里翻驱蚊剂，没找到："我没带出来，一定是放在桌上忘记放进包里了。"

"你出差直接过来，能少带一样是一样，不用麻烦，我涂些花露水就可以。"我说。

"夏娜可能会有，待会儿问问她。"

禹汐终于有了假期，约了我和夏娜出游。夏娜是她的票友，我在三清山时见过她一次，她喜欢看戏，会设计古装造型，是一个爱玩、爱热闹的女生。

绍兴好玩的景点非常多，一张联票上的景点根本来不及玩，各景点之间相隔较远，转车很花时间。大概也因此，来绍兴的游人似乎更愿意聚合在几处较近的地点，游人在鲁迅故居外排着壮观的队，我之前来过绍兴，便没有去。禹汐逛完鲁迅故居后坐着乌篷船到沈园，白天的沈园，晚上的"沈园之夜"，她积极地撺掇夏娜晚上来看《钗头凤》。

　　"她爱看吗？"我问。

　　"当然。"禹汐答得斩钉截铁。

　　"她现在在哪儿？"

　　"赶通告，晚上到。"

　　有时不免感慨，陆游一生写了许多词，到头来人们记得最深的却是他写给表妹的那首《钗头凤》。他一生壮志未酬，身为南宋的文人精英，渴望投笔从戎，因坚决主张北伐而遭受排挤，不惑之年后开始了军旅生涯，亲眼目睹了时局的严峻，写下一首首悲壮的诗词。他与辛弃疾是忘年交，两人相差十几岁，辛弃疾是积极的主战派，政见上两人不谋而合，辛弃疾先于陆游过世。宋孝宗登基后，曾遭秦桧排挤的陆游仕途通畅，一直做到宝章阁待制。他眼睁睁看着山河日落而痛心疾首，七十五岁时，上书告老，蒙赐金紫绶还乡。

　　陆游留下的诗词有九千多首。四十年后重返沈园，已然八十岁的他，为唐婉写下著名的《沈园二首》，后来还写过《梦游沈园》。八十五岁那年，他写下最后一首沈园情诗：沈家园里花如锦，半是当年识放翁。也信美人终作土，不堪幽梦太匆匆。

写完这首诗后不久，陆游就去世了。

如今的沈园内，题词墙上镌刻着陆、唐的《钗头凤》，凭吊的游人照着相，站着默读，这对哀婉的恋人仿佛穿越千年，如泣如诉地告诉你，乱世之情，不提也罢。

今人凭吊古人，沾几分诗意的枉然，巧笑嫣兮的剪刀手。一对情侣正欲在墙前拍照，同伴之中有人摇了摇头，男孩懵懂，一脸困惑，女孩敏感，似乎明白地点了点头，拿着手机拍墙上的词。

古朴雅致的小园林，温润的诗情画意。走在园子里，一处处标注的名目，看得赏心悦目，禹汐说："我要是住在这里，天天晚上大摆游园夜宴。"

"你敢一个人住在这里？"

"为什么不敢？"

"晚上的蚊虫……"我看向荷花池，一排长廊下的游人穿过密密的竹林，古树叶微微摇曳，我朝着被称作琴台的亭子走去，"晚上来看'沈园之夜'怎么样？"

禹汐立即赞同。等到晚上出门时我又有些后悔，她是不招蚊虫的体质，与她夜游，必须浑身洒满花露水。一路上，她一边嫌弃，一边问夏娜几时赶来，约好在门口等她一起进去。

沈园之夜，园内比较幽暗，池塘荷叶碧绿，小桥曲折蜿蜒，绕着池塘周围有亭台楼阁，人一转，便不易寻找。

戏快开演了，夏娜在赶来的路上，禹汐让我先去占座位，她在门口等夏娜。

　　我跟着前面的几个游人走，园内的景致在夜晚的灯光下另有一番美，人在园里走，幽幽的乐曲，哀婉了千年。抬头一看，我似乎走错了路，前面的游人不见了，四周寂静，林中的蚊虫似乎也消停了，我踌躇着从哪条路走出去，沈园不大，不至于迷路找不着禹汐她们。

　　我正要打开手机照明，就听见有人在叫唤："等、等一下，你跑这么快去哪儿？"

　　"你还是回去吧，她给你打了一天手机，快走吧。"

　　我自觉站在暗处偷听人说话的行为不好，会让人以为我故意偷听，便准备打开手机照明示意。忽然，情侣中的女子转过来，一下子坐在亭子外的栏杆上，挡住了去路，男的走上前几步，试图拉她离开。我仔细一看，觉得两人很眼熟。男的皱着眉，叹息道："杏子在等我。"

　　"你去找她吧，这次蔷薇跟她一起来的？"

　　我惊讶地发现一个是墨染，另一个是在画室见过一面的柳笠，两人竟然也在沈园，实在是太巧了。我打算赶紧走出去，遇上熟人实在是尴尬。墨染经常在江南各地采风写生，看她前些时候更新的主页，她在浙江有了两个新合作的工作室。柳笠和她一起来到绍兴，大约他是出了力的。

自从薇红说了墨染的那些事后，她似乎也知道了背后议论她的话，薇红说她与墨染从来不算是好朋友，最多算是互利互惠的合作关系，两人在工作中结识，刚认识的时候有些相见恨晚。墨染教她画几笔画，薇红找墨染做模特造型，渐渐地得到一些媒体的邀约。薇红以为时来运转，结果发现媒体那边需要的只是墨染，作为尽心尽力的造型师，墨染从未帮忙推荐过薇红，这让薇红至今愤愤不平。

我翻了翻她俩的主页，两人面合心不合，但也不算完全闹僵，薇红偶尔也会转些墨染的造型，旁敲侧击地说是自己的创意，墨染从不回应。后来，薇红受邀进剧组工作，墨染大约是推荐过的，两人的互动越来越少，都有了各自的生活圈子。

"我们先去，路上说。"柳笠说。

"不，我不想见她们，"墨染顿了顿，睨着他，"你应该把话跟她们说清楚，尤其是杏子，尤其是她！她这么胡闹下去，是要把你逼疯的，我现在还记得你爸妈是怎么说的。"

柳笠站在树荫下沉默了好一会儿，他露出惊讶的神色："你以前不是这样的。"

"我以前也不知道蔷薇是你未婚妻，当时是你告诉我，你亲口告诉我，你们已经分手了，不是我缠着你不放。杏子在你爸妈面前说我，算什么意思，我凭什么让她这么说我！"墨染气得几乎哽咽了起来，在夜晚的庭院中，尤其让人心生忧伤。

我轻手轻脚地挪到一块假山后面，顾不得有多少蚊虫在暗中伺候，想给禹汐发个消息，但手机屏幕的光一下子就会暴露位置。此情此景，真是骑虎难下，叫人发现不好，互相都尴尬，何况还是认识的。极力避开不让人发现，坐实了偷听之实，更不像话。要是从一开始听到两人说话，我就不顾一切地冲出去，哪怕看起来火烧眉毛般突兀，好过躲在这里进退两难，还是把手机调成静音，不让禹汐的电话打扰到那两个人吧。

"这是之前的事，已经过去了。"

"没有，一点儿也没有！"墨染怒目而视，一改往日的温婉姿态，她手上拿着墨镜，掰扯支架发出咵咵声，她又说，"你知道她在背后说我什么吗？当初她为了逼走蔷薇，拉我做垫背，现在又拉着蔷薇到处造我的谣，说我勾引你，是送上门的贱人，还在朋友圈里发些乱七八糟的图，都是她自己修的图。这些事你知不知道？"

"她已经删了，蔷薇跟我说了以后，我跟柳欣说过这件事，我看着她一条条都删了。"柳笠在她身旁坐下，她不解气地往边上挪了挪，他一把搂住她的肩膀。

有那么一会儿，四周寂静得让人抓狂，我以为两人走了，却见柳笠扳过她的脸在接吻。我把手机藏在兜里，尽量盖住屏幕上的光，禹汐至少打了四次电话给我，她大概以为我掉到池塘里去了。

墨染理了理头发，柔声道："反正我不想在这里见她，谁知道她这次又玩什么花招。"

"她毕竟是我妹妹。"

"她可不是把你当作哥哥看待的。"墨染直起腰，对着柳笠的脸，盯着他的眼睛，"你真的一点儿也不知道？"

柳笠抿着嘴，只是沉默。墨染一直这样看着他，他被盯得烦了，用手掌抚着她的脸，她躲开，他要故技重施，她立刻坐开，道："不要敷衍我，现在就我们两个人，你要把话说清楚。"

"你看了她的画，她的情况你不是很清楚吗？她现在不能受刺激，等她病情稳定一些，我会跟她说的。"柳笠把手掌伸给她，她顺手拍开。

"她的画不是说有人要买吗，买家很喜欢她的风格，你还担心她以后的生活？"她似笑非笑地问。

"这是两码事。"

"你要照顾她一辈子？"墨染把音调提高了几分。

柳笠不置可否，想要去牵她的手，她把肩膀一扭，避开了他的碰触。她追问："你爸妈的话，你忘了吗？"

柳笠一怔，像被人打了一巴掌，表情僵硬："你知道什么？"

"我能知道什么？你爸妈在电话里说的那番话，我觉得很有道理。她以后要嫁出去的，你这么宠着她，以后她还能过日子吗？"

柳笠沉着脸看她："你还听到了什么？"

墨染忽然犹疑了起来，一双眼睛眨呀眨的，说："这件事是你母亲告诉我的，不是我问的，我也不可能去问，这点你要清楚。你母亲说，早几年她和你父亲就商量过关于财产继承的事，两人考虑再三，确定你是唯一的继承人。"

柳笠眼神捉摸不定，墨染又道："我也不知道你母亲为什么跟我说这些，当时你跟蔷薇的事让他们挺担心的。"

"担心？"柳笠冷笑一声。

墨染有些坐不住地扭了扭肩膀，柳笠无动于衷，看向另一处。她不由得生起气来："你心里这么想，我说什么也没用。蔷薇早就知道，她还跟我说过，你爸妈把积蓄都用来给你买了房，没打算留给柳欣，你很惊讶吗，这个世上也只有你这么娇惯着她，看你把她惯成什么样了，她在背后骂我的话，都是她自己的写照——"

"够了！"柳笠霍然起身，怒不可遏地瞪着她，"我不想听这些！"

墨染哑然失色，肩膀不停颤抖，指着他："她说我的时候，你维护过我吗？我才说了一句，你就准备教训我吗？"

柳笠不为所动，眼中含着泪，像夜晚的冷月亮，明明闷热的夏日，吹在身上的热风却叫人瑟瑟发抖。

"现在我终于明白了，为什么蔷薇会和你分手，真难为她跟着你这么多年。"墨染不甘示弱地死撑，抽抽噎噎地哭了起来。

柳笠看着她，眼神错综复杂，忽然，迈开大步向园外走去。待在原地的墨染一脸错愕，刚站起身，又坐下往他离开的方向看了看，最终提着长裙追了上去。

我张望了下，确定人去园空，赶紧跑去找禹汐她们。

人头攒动的游人中，我看到禹汐、夏娜正专注地看着台上的节目，盛夏之夜的沈园，演员们穿着戏服，唱着《千年之恋》。

"你去哪儿了，这快散场了才看到你。"戏散后，禹汐问。

"我们找了你一圈也没找到，就差去池塘那边找了。"夏娜认真地补充道。

"我也看了出好戏啊。"我喃喃道。

活色生香

||||||||||||

　　也许不是故意遗忘，而是她
还未想好他们几个人的角色。

　　我以为巧遇是件低概率的事件，禹汐很快打消了我的念头，她说人在不断流动中，巧遇的概率极高，甚至是难以置信的巧合。

　　"我曾在机场看到以前公司的同事，他当时正赶着去转机，一手拉着他的……"禹汐想了想，"互利互惠的异性好友。他没看见我，我以为他离婚又找了一个，要么就是老婆整容又整形了。结果在回程的途中，我和他搭乘同一班飞机，我就坐在他那位异性朋友边上，两人装作不认识。"

　　"可能真的不熟呢？"我笑着说。

　　"怎么可能，去程转机的时候，他摸了她臀部，我看得清清楚楚。回程的时候就不认识了？"禹汐说。

　　"你破坏了人家的蜜月期。"夏娜拿着杯子喝奶，瞅了眼禹汐说。

　　看完沈园之夜的那晚，我们三人在路上巧遇失魂落魄的墨染。禹汐、夏娜与墨染并不认识，我互相做了介绍，墨染一如平日的温婉，只是一双眼睛肿得像核桃，吃宵夜的时候沾了沾，便不再吃了。

禹汐看出了眉目，提议说："一会儿我陪夏娜去办一件事，去的人多不太好，我们晚点再见。"夏娜立刻会意，在一旁点着头。

我对着墨染，明知故问："真巧，出差吗？"

墨染双眼走神，可见与柳笠的争吵对她的影响很大，她好一会儿才听清我的话："啊、啊，不是的，我来这里玩。"

我笑了笑，禹汐她们也陪着微笑，热络地拉着她一起逛。墨染默不作声地随行，直到禹汐她们离开后，她方才说："我和朋友一起来的。"

"绍兴好玩的地方很多，你们有攻略吗？"我试图岔开话题，尽量避免提到沈园。

"没有，去沈园逛了下，"墨染沉默了一下，"我和柳笠一起来的。"

我笑着点点头，不知如何接话。她说："我跟他分手了。"

"啊——"一时想不到安慰她的话，我又埋怨起自己在沈园听到了那些话，因为详细知道当时的情形，现在我反倒无话可说，对她即将说出的一番解释又有些不知所措起来。

"薇红跟你说过我和柳笠的事，是吗？"她眯着眼看向室外的夜空，随后收回目光，盯牢桌上的一角。

"说起过，柳笠是你男朋友。"我谨慎地说。

"薇红认识杏子，我以前不知道这件事，后来看到她给杏子的留言，我才明白过来。"墨染抽了张纸巾，擦了下眼角的泪痕，"杏子把她认识的人都通知了一遍，连她爸妈都说她疯了。"

我不知道她说的是哪件事，思前想后，猜测大概就是柳欣在背后说她的那些难听的话。我试着说些安慰的话："是不是有什么误会？"

"你会误会喜欢上自己的哥哥吗？"墨染扔了个炸药包，哪管旁人被炸得眼花缭乱。

我惊讶地看着她。她说："不是亲哥哥，柳欣是她父母收养的女儿，她和柳笠没有血缘关系。我见到柳欣和柳笠的那一刻，就觉得她有恋兄情结，很严重，柳笠的每件事她都要干涉。我以为他家与众不同，虽然好奇，还是没有过问。有一次，柳笠的父母正好在，他母亲很喜欢我，跟我说了很多柳笠小时候的事，我就好奇地问了柳欣的情况，他母亲一脸担忧，我当时还不知道柳欣是养女，也没在意这件事。柳欣后来不知为了什么离家出走，柳笠的母亲打我手机，让我看住她儿子，我当时太惊讶了，以为出了什么大事，他母亲就说，柳欣知道柳笠跟我在一起后，天天在家里闹，她不许柳笠喜欢上别人。"

每次听人说自己感情上的事，要是没有旁人的补充，是很愿意帮着其中一方着想的。薇红几次提到过的蔷薇，在墨染的述说中完全消失，也许不是故意遗忘，而是她还未想好他们几个人的角色。

墨染渐渐恢复了冷静，脸上挂着莫测难辨的笑意："你知道柳欣做过多么出格的事吗？"

我摇摇头。她凑近了几分："蔷薇本来是柳笠的未婚妻，两人已经快要结婚了，新房都布置好了。那时，蔷薇已经搬去跟柳笠住在了一起，你猜发生了什么？"

我轻轻地吸了口气，等她扔下另一个炮仗："柳欣偷偷配了他们公寓的钥匙，躲在他们卧室的衣柜里，待了一个晚上。她是个疯子，还故意说漏嘴，蔷薇因为这件事跟柳笠闹翻，两人最终取消婚约。"

我听得心脏怦怦直跳，要是让她知道刚才沈园的事，后果不堪想象。我硬着头皮点头，表示事态确实严重："柳笠什么反应？"

墨染失神地望着前方，仿佛看到了藏在空气中的宿敌，嘴角挂着莫名的笑意："到底是什么样的一家人啊……"

穿着柳笠衬衫的蔷薇大惊失色，一瓶牛奶啪地被摔在地板上，砸得粉碎。

柳笠几步走过来要检查她脚上的伤，她一把推开他，颤着声问："她什么时候来的，她为什么从里面走出来？"

柳欣揉了揉眼睛，满脸鄙夷。柳笠推着柳欣往门口走，柳欣不肯，他低声呵斥："还嫌事情闹得不够大吗？"她立刻委屈地看着他，眼里噙满了泪水，她有一个拿手绝活，就是在柳笠面前时眼泪说来就来。

蔷薇一见这情形，冲上来说："把话说清楚，她到底什么时候来的，她躲在哪儿？我才离开卧室一会儿，她怎么就从里面走出来了？"

柳欣给了她一个不屑一顾的表情，蔷薇想也没想打了她一巴掌，柳笠马上把她拉开。柳欣捂着被打的脸颊，惊声尖叫："你敢说出来吗，你真的不知道才是笑话！我告诉你，我哥身边来来去去的女人我见得多了，你跟她们一个样，你别不开心啊，他不是要娶你了吗——"

"闭嘴！"柳笠大吼一声，这次他是真的动怒了，柳欣眼看从来不对她有半句重话的哥哥，双眼通红地瞪着她，她吓得大叫，一路哭着跑了出去。

蔷薇也要走，柳笠死死地抱住她，她挣扎、反抗，扇了他一个耳光。

"有她没我，你说！"蔷薇叫着。

"她生病了，我跟你说过这件事，我爸妈已经放弃她了，如果我也放弃，她在这个世界上就没有亲人了。"

"你爸妈是为了挽救你，你是他们唯一的儿子，她只会把你拽下去，把你毁了！这辈子，你不跟她彻底断绝关系，你就完蛋了，她疯了，不会好的！"

"你是柳欣的朋友，你应该了解她是这个脾气啊！"

"这不是她的脾气！"

柳笠看到蔷薇满是泪水的脸庞，他放开抱住她的胳膊，她立即往后直退："你不了解我，你以为我能容忍这种事？"

他的眼神逐渐冷了下来，看着她脸上的泪痕，仿佛对着一个陌生人。

"你不了解女人，你连柳欣也不了解。"

"他们因为这件事就分开了，柳笠以为哄哄她，她就会回心转意，毕竟两个人都要结婚了，蔷薇非常坚决，分手没多久就有了别人。柳笠当时很伤心，他没想到蔷薇这么决绝，她看上去那么温柔，心肠很软，跟柳笠分手的时候却干脆果断，连她父母也没想到真的分了。"

墨染缓缓地说着，眼底闪过耐人寻味的疑惑。

看似温柔的人，只不过是换了一种表达方式，温柔是坚韧的内敛，很多人把温柔看作一种示弱，又错把懦弱牵强附会，以为温柔是授予他人为所欲为的妥协。

"他爱着蔷薇？"我问。

那一刻，墨染的脸上抽搐了一下，她避开眼睛看着某处，只说："他会爱上别人吗？"

"他对妹妹的爱护，近似于爱。"

墨染忽然一笑，眼神充满不屑："你不会以为他们有可能吧？柳笠的父母现在后悔死了，要不是当初收养了她，柳笠怎会被她拖累成这样。"

"没有她，柳笠和蔷薇或许早就结婚了。"

"两人根本不会认识。"她一说完，感到十分懊悔，没有柳欣，她也不会认识柳笠。

茶楼里飘起了幽幽曲乐，寥寥几名茶客。墨染皱紧的眉头，缓缓地柔和了下来，我听不清唱词，只知是越剧里的某一段，忽而听到"化蝶"两字，猜想是越剧《梁祝》。

男声唱：谁知一别在楼台。女声唱：楼台一别恨如海，泪染双翅，身化彩蝶，翩翩花丛来，历经磨难真情在，天长地久不分开……

"人为情死，而不以情药之。"墨染手上拿着一块木牌，像是纪念品，看落款是她自己写的字。

我看了一眼茶楼一角的挂钟，时间已经不早了："你住在哪儿？"

墨染仿佛才回过神来："哦，我待会儿打车回酒店。"

走到门口的时候，墨染忽然说："我们再走一会儿好吗，我现在……不想见他。"

"好啊，"我看着一辆空车从眼前经过，"我们往前走吧。"

墨染回忆起她初见柳笠时的情形："他眼中只有蔷薇，她走到哪儿，他的眼神就跟到哪儿。我不怎么敢跟他说话，他太……闪耀了，柳欣一说去哪儿，他立刻安排妥当，像猫一样的人，精致、敏感，很感性。我跟他熟悉了以后才知道，光鲜的外表是他精心收拾给外人看的，蔷薇喜欢他八面玲珑，像个交际花。他和蔷薇在一起时，两人就是一对配合默契的玩伴，他说他母亲喜欢蔷薇，是因为她能让他摆脱柳欣。蔷薇长得太漂亮太出众，又是个很聪明的人，他母亲跟我说，蔷薇是个好女孩，但不能和柳笠成为过日子的夫妻。我以前很怀疑这句话，两个相处这么融洽的人，怎么还不适合一起生活？直到他们突然取消婚礼，我才明白他母亲的那些话，蔷薇能威胁到柳欣在柳笠心里的位置，这是她的好，但她太聪明了，聪明又漂亮的人难以容忍屈居人后，尤其是在婚姻关系上，要不了多久，蔷薇也会因为受不了柳欣，跟柳笠分道扬镳。蔷薇或许能赢过柳欣，可她这么聪明的人为什么要亏待自己呢，她说她爱过柳笠，但绝不会比柳笠爱她多一分。"

我试着回想在画室见到的柳笠，那时候他是她欲说还休的琉璃，一转眼，他在庭院里踌躇忧郁，像个江南公子，温凉如水。

"他母亲觉得你能做到？"

墨染没有否认，却也没有多少自信，说："他母亲这么认为。蔷薇很快就找人嫁了，一点儿余地都没有留给柳笠，他对蔷薇算是彻底死心了。我以前也不了解蔷薇，看她这次帮忙，才感觉到她很厉害，把自己撇得这么清，现在反过来同情柳欣。"

她的手机忽然响了，她脸上显出诧异之色，说："柳笠的母亲来了，要把柳欣接回去休养，这次看来是真的了。"

"你在场的话也好些，"我想了想，"有些话还是得当面说。"

墨染一看到消息整个人的神情便不一样了，可能不好意思马上就走，犹豫了一会儿，道："好，我们回头说。"

我回到旅店，禹汐和夏娜正开心地吃着宵夜，满满地摆了一桌子，其中有不少是夏娜带来的特产。她们问起晚上的情形，我大致说了一遍，夏娜瞪大了眼睛，禹汐表情似笑非笑。有那么一会儿，大家只忙于对付手上的食物，禹汐忽然叹了口气："人生在世，要么及时行乐，要么自得其乐，聪明人太多了。"

我和夏娜认同地点着头，突然都大笑了起来。

生与死，契与阔

||||||||||||

　　爱上你不是第一眼看见你的时候，是我们在一起的每一天，你带着我走出死荫的幽谷。

||||||||||||

"梦回莺啭，乱煞年光遍，人立小庭深院。炷尽沉烟，抛残绣线，恁今春关情似去年。"

有人在阳台上练嗓子，附近的邻居都知道她，长得颇有几分姿色的少奶奶。

我去朋友妍凌家做客，窗口不时飘进来悠扬的昆曲，我说："这唱的是《牡丹亭》？"

妍凌有些意外："你听昆曲？"

"这段太有名了，王祖贤演过电影《游园惊梦》，白先勇有青春版《牡丹亭》，懂不敢说，好看是真的好看。"我说。

"她家里收了不少绝版唱片，我见过有梅兰芳、荀慧生、言菊朋、尚小云等等，除了梅兰芳我不知道其他人是谁，她每天都要放唱片听，屋子进进出出一群人，都是会唱戏的。"妍凌说的话让人匪夷所思。

"好热闹，难得。"

"他们这一唱，我觉得又到了泡壶茶坐在窗口等下雨的光景了，一下午就这么过去了，我也不知道为什么。"

我没忍住笑了半天："你潜意识里是喜欢的。"

妍凌懊恼地皱着眉，说："水磨腔的柔曼悠远，将四四拍的曲调放慢至四八拍，尾音迤逦而多变，节奏速度的顿挫疾徐，唱念用中州韵，运腔气息吐字都不准确，力不能及。你不用这么吃惊地看着我，我每天在这里工作、吃饭、思考人生，结果呢，只要窗户一打开，满脑子响起来的都是昆曲。"

"今天那边有聚会吗？"

"不一定，不过看她今天兴致很好，孩子都送去公婆家了，很有可能。"

"她结婚了？"我笑道。

"是啊，一儿一女，她丈夫自己开了个公司，她毕业没多久就辞职专心在家带孩子，公婆很喜欢她，简直是人生赢家。"

"长得特别漂亮？"

"年轻时看着长得有些老相，生完第二个孩子后一点儿没变，比以前更有气质。她丈夫有应酬，很喜欢带着她一起去。她特地拜师学过水袖功，向左比一比，向右比一比，绣着梅花的裙裾飞舞。一身行头花销惊人，后来听说是公婆要她适可而止，她才收敛了，她婆婆和她母亲也是戏迷。"

"她怎么称呼？"我问。

"周围邻居叫她丽娘，她女儿名字里有个'丽'字。"

"她老公不姓柳，名字里没有'梅'吧？"

妍凌表情意味深长地说："她老公的名字还真有个'梅'字，祖上有过和梅雨田一起学胡琴的先人，当过谭鑫培的琴师。"

"天呐！"我吃惊地看着妍凌，"你刚才说你不懂这些，可你知道你说的这些人多有名吗？"

"你听戏？"妍凌翻着眼睛看我。

我一时语塞，说："梅雨田是梅兰芳的伯父，谭鑫培有'小叫天'之称，电影《梅兰芳》十三燕的原型，当然谭鑫培没有气死这一说，他给慈禧唱过戏，也挨过太监的耳光。"

"这么曲折……我现在有些相信丽娘跟我说的一些事了。"妍凌神情古怪地探头看了看窗外，悠长的曲声传来：原来姹紫嫣红开遍，似这般都付与断井颓垣，良辰美景奈何天……

"她跟你说什么了？"我问，打了个响指让她回神。

"她真的挺像杜丽娘，她说她嫁给她丈夫之前，生了一场重病，差点没抢救回来，梦境里的事在她病后都发生了，她家人也都知道，觉得这是缘分，是天赐良缘。"

半夜三更，丽娘的高跟鞋踩在石板路上发出"嗒嗒嗒"声，她形色匆匆，顾不得口红已经花了。到家后，屋里漆黑一片，她小松了口气，刚脱下鞋，黑暗里，传来男人的声音："女儿睡了，我在书房赶些东西。"

正中下怀，丽娘嗯了声，便进了浴室，畅快淋漓地洗了个澡，一脸酡红，回味着早些时候的情景。

女儿对她说："妈妈在笑呢。"她一惊，忙抱着哄她睡觉。门口有微光，丈夫还在工作。他忙的时候越来越多，除此以外也算是顾家的好丈夫，但离她设想的标准总是差了一些，也许两人各忙各的，也好。

隔天，丈夫起床后在窗口抽烟，她穿着一身长袍，没到脚趾，慵懒地倚在床角。他说："你不去送孩子？是时候了。"丽娘怔了怔，发笑："不急，还有时间。"

丈夫眼神里闪过不满，她不在乎。

烟圈氤氲迷蒙地卷着散去，他声音低沉而严肃："我们分开一段时间吧。"刚坐在沙发上的丽娘骤然变色，掀翻了桌子，顾不得一脚踩到长袍的下摆，整个人颤抖得怎么也站不稳。丈夫冷冷地瞅了眼，无动于衷。

她想过离婚，一个人过也挺好，可一旦亲耳听到从对方嘴里说出，她还是撕心裂肺地哭："你是我唯一爱的人，无论任何时候……"丈夫木然地看着她，像一尊雕像。

丽娘跑进浴室，失声恸哭，她瞧不起小情小爱，也承受不了大起大落。

三年后，丽娘坐在长椅上，推着秋千上的女儿，小女孩蹦蹦跳跳的坐不住，喜欢东奔西跑地惹大人注意。

女孩的父亲坐在长椅上，丽娘问："你要是决定去德国，女儿怎么办？"

事到如今，什么对对错错的还那么重要？

离婚时哭天抢地那是演给旁人看的，离婚后她带着女儿回了娘家，她母亲曾提醒过她，别只顾着自己玩，要看紧丈夫。她心高气傲，从来不问他是否在外面有人，她再爱玩，也从未爱上别人，他倒好，闷声不响做了离婚的决定。

"我们是怎么结婚的？"前夫问。

"你当时长得帅，我遇到你的时间对上了。"丽娘说。

"我是想忘掉一种生活，才决定结婚的。"

"你现在还可以忘了女儿，过你自己的日子。"

"我没有别的女人，"前夫看向她，棱角分明的脸上多了不少皱纹，一双眼睛露出哀伤，他说，"除了你。"

只差一刻，她以为自己会心软，时间会过去，问题会自动消失吗？她问："我们为什么会离婚？"

沉默的时候，前夫看着树叶无声地下坠，他试着握着她的手，她没有抽开。

"我好像做了一个很长的梦，我们结婚、吵架、生孩子，又离婚、复合，从来没有消停过。醒来后，除了你，我什么都想不起来，你带我走出死荫的幽谷，我活了过来。"他说。

丽娘听得耳边嗡嗡作响，像有一群蜜蜂在围绕着她飞舞，转了两圈，拍着翅膀又飞走了，留下她一个人惊魂未定。

前夫默然地看着某处，他可以爱着一个人，但不想表露出来。他可以不爱一个人了，也不会表现出来。

时间差不多了，两人拥抱话别，深情款款，小女孩跟父亲道别："爸爸，再见。"

一阵耳鸣响彻，丽娘扶着墙坐在花坛边沿，尽量不让他看到。

丽娘下定决心不再去想前夫那些没头没脑的话，他是个让人难以理解的人，结婚是他的决定，生孩子是他的决定，每件事都由他决定。她成了一个连抱怨都没有资格的小女人，结婚以后她才发觉他是个沉浸在自身世界里的人，他对她说话，人却仿佛很远。

丽娘很年轻，受不了被丈夫冷落，她参加了许多俱乐部，积极地结识新朋友。孩子未出生之前，无家可持，生下女儿以后，女儿很多时候由婆婆照料，家里要买什么，也是婆家决定。

丽娘的母亲劝她："你们到底是夫妻，现在又有了孩子，以后会改变的。"

后来她离婚，争到了抚养权，多亏了她一群朋友帮忙出谋划策，女人不能为了家庭放弃自己的人生。

现在他要走了，丽娘反复想着前夫的话，他特别跑来就是为了通知她这件事吗？

白天，她送女儿去学校的时候，前夫就在学校对面的人行道上，他浅浅一笑，她亲了亲女儿，眯着眼看了看前夫。

他坐回了车内，一支接一支地抽烟，氤氲的烟雾从车窗里飘出来。

丽娘知道他这个脾气，他有话想说的时候喜欢不停地抽着烟，耐心极好，她现在不怕他，一屁股坐在副驾驶位子上，问："什么事？"

"和我一起去吧。"

她沉默，心噗噗乱跳，莫非她听错了？他不像是会开这种玩笑的人，她说："去哪儿？"

前夫又点燃了一支烟："我们的新家。"

丽娘诧异地看着他，刚要发怒，他说："没有你在身边，我好像有一半不知掉到了什么地方，三年五年，没什么差别，从你离开那天起，一切都停止了。要是当初那些不是爱情，你再给我一次机会，爱上你不是第一眼看见你的时候，是我们在一起的每一天，你带着我走出死荫的幽谷。"

她拍开前夫的手掌，嘴角不自觉地笑了起来，忽然，梦醒了。

"她在 ICU 里醒了过来，每个人都觉得她熬不过去了，她爸妈已经在替她准备后事。最奇怪的是，她丈夫当时也在医院看病，人突然昏厥，昏迷不醒。她醒来后，情况一天天好转，两人还在医院里的时候，她接受了他的求婚。两家的老人说这是姻缘，命中注定的夫妻，结婚以后，丽娘迷上了昆曲，她最爱唱《游园惊梦》。"妍凌一口喝尽剩余的茶，把杯盏搁在书桌上。

"后来她就完全好了？"我问。

"丽娘起先没有答应跟她丈夫交往，她在学校里很出众，追求者不少。她丈夫当时看起来只是长得有些帅，人比较沉默，不苟言笑，不得她的心。"妍凌笑了起来。

隔壁的窗户传来阵阵说话声，丽娘的票友们来了，客厅里早已腾出了地方，众人各自扮演起自身的角色，绵长唱词，曲音绕梁：

"则为你如花美眷，似水流年，是答儿闲寻遍，在幽闺自怜。转过这芍药栏前，紧靠着湖山石边，和你把领扣松，衣带宽……"

"最撩人春色是今年，少甚么低就高来粉画垣，原来春心无处不飞悬，是睡荼蘼抓住裙钗线，恰便是花似人心向好处牵。"

丽娘俨然是剧本里的杜丽娘，在梦里的杜丽娘与柳梦梅结合，梦醒后，相思成病，日渐消瘦，最终病逝。情不知所起，一往而深，生者可以死，死者可以生。

妍凌听得出神，不自觉地跟着哼唱了起来。

梦中之情，何必非真，或许吧。

东角楼下

||||||||||

　　我后来才明白，表妹说的每
句话，都是用尽了最大的力气。

　　总是在路上，一场大雨浇灌而下。不见太阳，偏偏还热得让人难以忍受。

　　夜晚，无景色可赏，我在街上转悠了一圈，见几对年轻人手上提着灯，仔细一看是宫灯，匠心独具的制作，引得店铺外围着好几个人在看，架子上挂满色彩斑斓的小宫灯。

　　对角的咖啡馆外排起长队，每次有新店开业，毫无例外会吸引来一大拨人，新鲜劲一过，就又变得门可罗雀。沿街的店铺每隔一段时间就换一拨，令人遗憾的是再喜欢的店铺也逃不过革新变迁的命运。

　　我好奇宫灯店铺开在这里，能坚持多久。

　　"这里是排队买宫灯的吗？"一个男声问。

　　我转头一看，身后站着一个年轻男子，我说："我没在排队，那边吧。"

　　对方看了看队伍，大约觉得等的人太多，便放弃了。他问我附近一个地址怎么走，我指了个大概的方向，他说："往东？"我点点头。

大约又看了半个小时，我起身返家，路上看到拿着小宫灯的行人，点燃了灯内一支小小的蜡烛，拿在手上十分有趣，引得路人纷纷观望。

回到家后我有些后悔没有入手一盏，迷你可爱的小宫灯可以放在书桌上，万一哪天停电，还能应应急。于是，我决定第二天去买一盏。

我买了一份饮料等在队伍后，忽然看到眼熟的一幕，昨天那个问路人，与周围的人格格不入。那男子站在队伍外，眼神中充满哀伤，他手上拿着电影票，大概是朋友失约了。

他的眼神越过人丛，看向东面的一角，那里有一幅巨大的电影海报。我看了眼电影海报，决定买完小宫灯去看一场夜场电影。

画着江南水乡的小宫灯拿在手上，有些招摇，放在包里又担心弄坏了，于是我走几步，便看看包里的小宫灯，上了电梯直奔电影院。

夜场人很少，单独观影的人喜欢坐在边上，情侣也喜欢坐在角落，一间小包厢里前排和中间的位子空着，地中海般的座位图。

我抱着小份的爆米花，忽然看到那个问路男子，他的表情忧伤地盯着大屏幕，与周围的世界间隔开来，他沉浸其中，顶上的光照在他身上，幽幽地泛着蓝光。

灯光熄灭，电影开场，我靠在座位上，大口吃着爆米花。左边的一对情侣打得火热，男的做了个嘘声的手势，女的娇嗔地呸了声，后排一人睡得十分香甜，不时有人开、关手机。我有些心疼，应该买大份的爆米花，然后回家吃。

电影散场，灯光刺眼，看了半场，打了一会儿瞌睡，途中我被后座的打鼾声吵醒一次，音效再闹腾，也无法挽救剧情的贫乏游离。

商场的电梯已经关了，散场的人绕到另一边去等电梯，直通大楼外。有几个人不耐烦等着，径直走消防通道，我随着另外几个人走上电梯，一共才六七个人，其中一对是情侣，那问路男子也在，站在最边上，垂着眼看地面。

"你知道吗，我们学校昨天发生了一件大事，一个女生死了。"情侣中的女孩对她男友说。

寂静的电梯里每双眼睛都盯向她，女孩似乎很满意引起了关注，她说："长得很漂亮，学习成绩也不错，太意外了。"

"发生了什么事？"她男友问。

"留了封遗书给家里，据说她寝室里的人看过，她父母今天来学校收拾东西，她室友在边上帮忙，无意间发现的。她这事一出，大家都吓坏了，手忙脚乱，一开始谁也没发现遗书。"

"什么原因呢？"

"只知道是自杀，不过听说她家里对她非常严格，我在学校见过她几次，很孤独的一个人，戴着眼镜，手上经常抱着一堆书，要么去自习室，要么去图书馆。我还听说，她已经考上国外的研究生……怎么回事，电梯怎么了？"女孩惊呼一声。

电梯骤然停住，不知出了什么故障，一名乘客立即按了下紧急键。已经晚上十点多了，维修人员不知何时才能赶来处理情况，有两人抱怨地说，早知道就多走几步楼梯，这会儿都快到家了。众人抱怨了一通，电梯里传来了工作人员的答话，说正在检查情况，很快就会恢复正常。

谁也不知道还要等多久，通风糟糕的电梯里，空气混浊。一人说："还好不是高楼大厦，不然真的很危险。"

百货公司的楼层到五楼为止，六楼以上是酒店。想到若真是被困在十几层楼高的大厦里，真是让人不寒而栗。

我不耐烦地刷着手机信息，突如其来的等待，让人措手不及，非得找点什么事来分心。

那对情侣又聊起了那个意外死亡的女生，女孩说："我后来听别的同学说，那个女生还买了今晚的电影票，就是……"她凑近男友耳边，尽管压低了声音，但在狭小的电梯里依然听得清晰，她说，"我们看的这部电影，也是这个时间。"

我听得倒抽了一口凉气，赶紧翻手机，反复确定今天不是清明节、中元节或冬至，忽然想起一部恐怖片。人的记忆总在最不需要的时候格外清晰，每个细节都历历在目。电梯中另外几个人都是资深影迷，显然立刻都想到了一块。

众人的眼神从那女孩脸上扫过，那女孩怯怯地避开，整个人靠在男友胸前，细声细气地说："太可怕了。"

"她身边的同学说？"她男友忽然问道。

问路男子的眼睛抬了起来，茫然地看着那对情侣。那女孩又感觉到众人的关注，缓声说："性格有些孤僻，我觉得是不善于交际吧，她家里对她这么严格，要求又非常高，平时除了学习没别的生活。我看到过她几次，她总是一个人，大学里谁不忙着谈恋爱，她好像没有，我听她同学说从未见过她跟哪个男生走得很近。"

她男友哦了一声，她似乎意会到了某种信息，说："应该有喜欢她的男生吧，不过她好像没回应。"

我摸了下口袋，没找到耳机，听他们的对话，总让我有种不好的预感，甚而琢磨起了电梯卡在三楼，万一掉下去，生还的可能性大不大，会不会致残等问题。那女孩每一句话都让人产生焦虑，却又不得不听下去。

"每天只是念书？"

"是啊，她给人一种感觉……她不属于这里，只是暂时在这儿待一会儿。她同学说她很高傲，难以亲近。我一开始也这么认为，但我发现，她给人一种很奇怪的感觉，她好像经历过很大的挫折，经常需要打起精神来继续下去，表面上又表现出很镇定的样子。"女孩说着说着，语调低沉了下去，显出同情的神色，她说，"我有一个远房表妹，亲戚们说她精神上有问题，她去年走的，有抑郁症。我到现在还记得表妹的眼神，她们两个很像，心里都在承受着巨大的悲伤，努力控制情绪，不让别人看出来，表妹说话时经常要停顿一下，再接着说下去。我后来才明白，表妹说的每句话，都是用尽了最大的力气。"

她男友安慰地拍了拍她的肩膀："原因呢？"

那女孩咬着嘴唇，似乎犹疑不决，最终还是道："不太清楚，我问过，亲戚不肯讲，就说表妹吃多了撑的，没事想得太多。"

东角楼下

185

电梯里变得异常安静，呼吸声听来格外清晰。我看到问路男子痛苦地转过脸去，在透明反光的广告板上倒映出哀伤的神情。

"你表妹的爸妈不得伤心死了？"她男友问。

"我不知道里面藏了多少事，总觉得怪怪的。表妹比我小两岁，我跟她关系还不错。她去世后，我想起一件事，有次我跟她说去谁家玩，她很神经质地看着我，问我是不是经常去那家玩，我说爸妈带我去过几次，天井里种了很多好看的花。我问她去过没有，她一下子就不说话了，眼神呆滞地看着我，好像忍受着很大的悲伤。"

她男友搂住她的胳膊，作为安抚："你没问吗？"

"她不会说的，"那女孩轻声道，"我觉得她可能说过，她爸妈这么要面子的人，肯定不允许她说出来。她去世后，她妈哭着骂她爸，亲戚们上去拉也没用，我站得远，听到声音都是哑的，人完全塌在地上。"

电梯里又是一阵沉默，这时，电梯往下坠了一下，众人都被吓了一跳，随即电梯恢复了运行，很快直达一楼。

走出电梯，夜晚一阵清爽的凉风吹过，我深深吸了口气，一扫刚才的阴霾郁闷。夜空之下，繁星点点，我抬头一看，大厦边上有家新开的店铺，店名"东角楼下"，店里贩售时令水果和鲜榨果汁，架子上的新鲜水果摆放得十分可爱。我见问路男子站定在玻璃窗外，出神地看着店内，店铺早已打烊。

他似乎感觉到有人在看他，转过身往前走，走过我时看了一眼，不知他是否记得前一晚的问路，他自嘲地笑着："应该是在这里。"

"你找到了。"我随口应了声。

"不，我找错了地方，"他顿了顿，深深地叹了口气，"我去晚了一步，没见到她。"

我有不好的预感，他哀伤地笑着，仿佛眼泪就在眼角边："晚了一天，她喜欢'东角楼下'水果餐，我以为是东面的某个地方，她学校在这附近。"

我忽然明白了他说的话，他点了点头作别，转身走向另一个方向，迅速地消失在夜色里。

楼船

||||||||||

　　人是无法抵挡诱惑的，不要
去考验人性。

　　换季时，是又一轮新旧衣物的发现与丢弃，我收拾了一堆不会再穿的衣服丢在椅子上，打算过些天都处理掉。

　　母亲看到后，又是一顿数落："你还有一堆鞋子，也一起扔了吧。"

　　"我穿什么？"

　　"赤脚。"

　　我没办法，跑去整理鞋盒，看到一个很卡通的图案，里面是双板鞋，好几年前买的，出差去南京时突然碰上大暴雨，一路跑一路躲，跑回酒店发现鞋子坏了，第二天匆匆杀去百货公司买了双图案可爱的板鞋。

　　我穿过很多次，一红一白两副鞋带，我喜欢红色有条纹的鞋带，穿着这双爬上中山陵拍照，去夫子庙寻找美食，在玄武湖晃悠，跑去秦淮河看楼船……从鞋盒里掉出一张纸，是买鞋时的发票，纸张已经发黄，没有一丝折痕。我一看日期吓了一跳，竟然已经十年了，恍然如隔世。这双板鞋白色面料的地方已经泛黄，我似乎也有两三年没见过它了，一直塞在鞋盒最深处。

回想当时在南京的情形，秦淮河上的楼船灯火灿烂，船上的游人，岸边的人，远远地望过去，显得珠光宝气。

鬼使神差地，我买了去南京的票，比起上一次，这次可以悠游自在地闲逛。

南朝四百八十寺，多少楼台烟雨中。

火车站外，路上的行人纷纷撑起伞来，我想起一句诗：日暮拥阶黄叶深。这会儿地上没有黄叶，道路两旁是深绿的叶子，幽深的一长排，逶迤的小巷子。我没有选听起来很热门的地段入住，而是找了巷子深处的民国小房子。这是一栋别致的小别墅，改建成了小旅馆。上海也有类似的小别墅，旧主人搬出去后，变成了多人居住的公寓，住着几户人家，大点的别墅住着十户以上。在小的格局里创造一种新的生活模式，对于热衷过日子的人而言，似乎从来不是什么问题。

放好行李后，我便沿着秦淮河找了间看上去不错的饭馆，只要能望到秦淮河一角就行，雨天找间饭馆边吃边欣赏风景，脚上穿着十年前的旧鞋子，宛如昨日重现。

金陵都会之地，南曲靡丽之乡。

我点了几份特色小吃。我最喜欢糕点。每份放在小碟子里，看起来满满的一桌。我明显看到走过的食客投来的怀疑的目光。早上天刚蒙蒙亮，我就咬了几口硬面包赶火车，在车上一路睡到下车，现在饿得能吞下一头牛。

秦淮河上的雨，如尖细绵长的针，一下下戳入河里，烟笼轻曼地漂浮着，几个游人撑着伞在拍雨景。那时候，秦淮名妓们，坐在画舫上，绵绵的清唱声传来，她们的故事，掺杂进帝王将相的背景里，卷入历史的浪潮里。没有身份背景的、在历史上留下只言片语的女子，几乎皆出身风尘，研习琴棋书画、诗词歌赋，名士风流的交游聚会少不了红袖添香的身影。她们成了正史里的注脚，面目模糊，后来者按着自己的心意，随意摆布她们的喜怒哀怨。

十年前，好友阿古与男友在秦淮河分手，她说无法想象今后的人生要怎么办，她那时刚毕业，正在为工作焦头烂额，男友为了一个家境优渥的女子离开她，分手的过程让她深受打击。

"为什么？人为什么会这么现实？早就计划好了分手，他们连住的地方都选好了，你能想象到吗？一个和你交往了一年多的人，跟你谈婚论嫁的人，一转眼头也不回地就走了。"阿古在电话里愤愤不平。

她一个人留在了南京，这是她和男友说了很久的毕业旅行，两人用打工所得的钱计划游遍江南，第一站到了南京，在秦淮河边上，男友对她说："我不能陪你去了。"她气得恨不得跳河，为什么不在出发前告诉她，怕她找人算账吗？难道他是为了履行对她的承诺？她有过这样的幻想，也许他也不舍得，也许他另有苦衷，结果差点把她逼疯。男友和她一起来，是因为火车票是他们一起买的，新欢随家人出游，早已来了南京，等他一到南京，见过新欢的家人后，立刻会一起飞去海边度假。

过了几年，阿古想起这件事便觉得可笑，当时怎么那么幼稚，人在金钱利益面前怎么可能会选择爱情，那是对有过爱情的人而言，她断定地说："他从未爱过我，我曾视他如生命，以为爱情就这样很好，我很满足，我很开心。后来我明白，我太看得起自己了，太自以为是了。"

　　"别这么妄自菲薄。"我说。

　　"我也觉得很难受，根本不愿接受这样的事实。可人活一世，有些事也许不会说出来，但心里一定要明白。人是无法抵挡诱惑的，不要去考验人性，你要学乖，宁可把事情往最坏的结果去想，那么即使最终结果不好，还有可能比你设想的好那么一点儿，这样，自己才不算完全失败。"

　　那几年，阿古一想起这件事便感到愤怒，她说："我不是因为他，不是因为任何人，而是因为我自己，我怎么可以这么爱一个人，喜欢都是很缥缈的，为什么要把自己的注意力，把整个人寄托在另一个人身上，这是对自己的放弃，这是很可怜。如果我是他，我也会看不起当时的自己，也会去选择一个让自己既轻松又有前途的人。"

　　"那段经历毁了你，你是想这么说吗？"

　　阿古沉默不语，别过脸去盯着窗外。

　　"最可怕的是，你站在伤害你的人的角度去看待问题，试图理解对方的立场和心理，以此来否定自己，以为这样就能让自己解脱。他伤你最深的不是变心，而是在这么久以后，你仍然没有找到一条路离开兔子洞，却任凭那些瞎扯的洗脑来贬低自己。"

阿古翻着手机，置若罔闻。

"你知道最糟糕的是什么吗？是一个人连自己都不相信，即使在遭受伤害后还在从自身寻找问题。你的问题是那时候单纯，可谁又不是呢。你前男友的问题太多了，以至于你工作后碰上许多相似的人，你都认为是自己的错，你讨厌自己怎么不早点明白，这不是简单几句话就能说明白的，无关乎你是否聪明、是否值得被爱，而是他根本没有爱，他只在乎利益。"

"他过得更开心，不是吗？"

"那跟你无关，你也可以有自己开心的事，不以他为考虑因素。"

阿古之后又交往过两个男朋友，分分合合，争吵不休。她说："要是我连信任一个人都很难，我要怎么爱他？要么，不再考虑爱不爱，就这么过吧。"

雨渐渐停了下来，我不知不觉想到了阿古，每次来江浙游玩，找她总是被拒绝。她和大学男友有过很多周详的计划，梦想在江南某个小镇开个饭馆或茶楼，她擅长厨艺，他负责设计装修，她热衷做个幸福的小女人，为她爱的人持家。

"大多数人都梦想过这样的生活，没有如愿以偿也是生活的一个过程。"我说。

"你有没有想过，那些名噪一时的名妓啊名媛啊，她们要怎么承受世态炎凉，在那个时代，跟了一个人就是认定一辈子的事，忽然这个人变心了，她们要怎么活下去？"她问。

秦淮古佳丽地，自六朝以来，青溪笛步间，类多韵事。

"一片欢场，化为瓦砾。她们对自身的命运应该是很清楚的，她们留下的文字成为文学长河里的美丽注脚，叫人只记得她们是才女，附弄风雅的点缀。你喜欢江南水乡，读过那么多她们的传记，可能你也知道，文字的美有时是一种修辞方式，用以掩饰生活中的不尽如意，她们的悲凉落在文字的细节上，使她们遭此命运的人，善于巧言令辞，沽名钓誉，这比变心更让人难以活下去。"

阿古沉默良久，她说和大学男友分手后，她一个人完成了旅行计划，每到一个地方，就替自己拍一张照片作为纪念，其余只有风景照。

雨已经完全停了下来，我走到秦淮河边，望着河上往来的游船。天色暗了下来，灯火笙歌，柳浪花月，名士白头，美人黄土。

我拍了一张在岸上的照片，更新到空间里，阿古很快留言问我：你在秦淮河？

于是，我又拍了一段视频给她，回复：南朝金粉，媚香往事。你在或不在，风景如故。

这时，河上一艘楼船缓缓开过，船灯璀璨，浓妆艳丽。

三生石

||||||||||||

她和丈夫第一次见面时便觉
得他十分眼熟，好像很久以前就
认识了。

IIIIIIIIIII

独居，单身，我爱你。

她的墓志铭。

那些伤情的故事，都是她的记忆。在厚厚的记事本上，她写下梦中的爱情，为一个等不来的人。她从一开始就知道没有未来，早在她懂得那时起，结局就注定了。

花鸟市场里一个卖石头的年轻人，热忱地说着石头上镌刻的文字内容，引来好些好奇的人询问："这是什么石头？"

我也赶紧凑上去看热闹，见他说得头头是道："这块石头是祖上传下来的，已经有百年的历史，我曾祖父那会儿跟一个玉石商人买的，这叫'三生石'，是块姻缘石。"

"怎么弄？"一人揶揄地问，周围人跟着起哄，大多都不信，凑个热闹瞎掰。

卖石头的男子毫不气馁，对着问话的人说："你要是想求婚成功，还得看这块石头。"

愿我的世界总有一个你

那人惊笑起来："拉倒吧，凭这块石头还能算命了。"说着，脸也跟着红了。身旁他的同伴说："你上次不是没求婚成功嘛，要不买了这石头试试？"

"去、去，瞎扯啥，没有的事。"那人气呼呼地否认，也不回应同伴的打探。

卖石头的男子也不在意，继续举着石头说："你们手上戴的粉水晶，跟这个不能比，粉水晶招桃花是没错，但也会招来烂桃花。"说得围观者中戴粉水晶的拉了拉衣袖，试图遮住，他看了一圈，见没人接话，又道，"姻缘是由命定的，你们要是觉得遇人不淑，运气太差，那是没有遇见对的人。对的人出现在你面前时，你没有认出来。这三生石能让你们遇见真正对的人，命中注定的那个人。"

原本只为看热闹的一群人忽然有些沉默，结了婚的人在思考是否找对了人，恋爱中的人犹豫是否真的合适，单身者中有人困惑地看了看手上的粉水晶。

忽然，人群中有一个女孩子问："多少钱？"

卖石头的男子笑了笑："我这个石头是要看缘分的，无缘的人买了也不管用——"人群中爆发出"噱头真多、糊弄谁呢、这破石头有这本事才怪……"卖石头的男子充耳不闻，只道："我的石头总共只有一枚，你们想要石头的自己写串数字给我，扔在这个盒子里，能跟我石头上的数字对应上的，随便包个红包给我，石头就可以拿走。等你的姻缘到了，过来这里找我，把石头还给我，记住，姻缘线一旦牵上，石头就不能留在身边了。要回来找我，我会告诉你该怎么做。"

众人听得玄乎其玄，不太相信地叉着腰看，其中有几个人不知是出于好奇还是好玩，随便填了个数字给他，等他开"奖"。

他拿过盒子，将里面揉成一团的纸张展开铺平，手上大约有五六张，他拿着石头，念道："198888，哪一位？"

人群中一个小伙子表情古怪地说："是我——"他凑上去看对方手上的三生石，确认纸条上的数字与石头上的相吻合，纳闷道，"这数字是怎么回事？"

"这个我以后告诉你，你的数字代表什么？"

"我出生于 1988 年 8 月 8 日。"小伙子说完有些不好意思。人群中有人开玩笑地说："发财的命。"众人一阵哄笑。

卖石头的男子并不打算与旁人分享更多，打着手势说："下次来买石头找我，今天多谢捧场。"众人便散了，刚才问价钱的女孩不甘心地说："那我下次也写 198888，就能得到石头了？"

卖石头的男子高深莫测地一笑："缘分到了，自然会是你。"

那女孩走了后，我看到周围再没有别人，也只好走了，小伙子专心地听着讲解，不时点点头。

这么过了一年多，某天我去花鸟市场买花盆，偶然地又瞧见了那个卖石头的男子。他和一年多前没什么变化，几个箱子里装着各种各样的石头，其间有好长一段时间他没出现过。我之前还心想，要是买了石头回去的人，回来找不到他怎么办？没想到这人又出现了。

我在摊位前转悠了一会儿，卖石头的男子问："想要什么随便选。"

"三生石有吗？"我问。

对方一笑："呀，原来是老顾客了，挑中啥，我给你打个折。"

"三生石吗？"我笑着问。

对方笑了起来，摇头道："这个有些难办啊，别的可以吗？"

"姻缘石到底灵不灵啊，我还记得是198888，我也写这个数字试试啊。"

对方闭着眼睛直摇头："三生石上旧精魂，赏月吟风不要论。惭愧情人远相访，此身虽异性长存。"

"你在吟诗吗？"

对方忽然喟然一叹："你不是第一个来打听的人，本来以为过了这么久，问的人就少了，结果就这一上午，你都是第七个了。"

"天哪，第一个是谁？"

"一个姑娘，小伙子带走三生石的那天，她问过价钱。"

我努力回想那个女孩，但还是不太记得她的样子了，说："蛮执着的，你一出现，她就来找你。等等，那小伙子的姻缘到底怎么样了？"

对方歪着脑袋摇头："算了、算了，还是说了吧，这是我最后一次说这件事，另外，那小伙子现在过得很好，石头已经回来了，我以后就算饿死也不这么做了，怕被烦死。"

小伙子叫霍源，他得到三生石后，依照卖石头男子的吩咐，把石头装进一个红色锦囊里，每天带在身边作为护身符。

　　霍源没怎么把这些话放在心上，他刚跟女友分手，一时兴起才写了一组数字，石头上的数字他根本不当回事，即使是真的，那也是巧合。姻缘这么无厘头的事，他谈了三年的恋爱都没搞清楚，怎么可能由一块破石头决定呢。

　　他把石头扔在办公桌上，过了几天用来垫盆栽，红色锦囊早在他拿回家后没几天便不知去向了，他担心让家人发现。与女友分手后，家人、亲戚非常积极地给他介绍对象，可他一个都不喜欢，朋友说他是在怀念前任，他断然否认，分手后，他觉得自己跟婚姻无缘。父母非常担心他潜移默化的转变，他只好偶尔佯装跟某个女孩吃饭，其实是跑去各大博物馆消磨时间了。

　　霍源坐在长椅上，远远地看向一面摆着各种石头的展览柜，他一摸口袋发觉里面有个又硬又圆的物件，拿在手上一看，果然是三生石。他已经好久没见过它，以为早就弄丢了，还琢磨着怎么跟人解释，要是不还，万一他哪天结婚，三生石又找到了，这算什么？

　　"这块很漂亮，可以看一下吗？"一个女子的声音在他面前响起。

　　霍源愣了一下，鬼使神差地把石头送上，没几个钱的石头，他可不稀罕。那女子拿在手上，十分郑重的样子，说："真是块好石头，你还有吗？"

　　"没了，只有这一个。"

"太可惜了，你能把石头卖给我吗？"

霍源纳闷地看了一眼对方，说："你能告诉我这石头哪里好吗？"

那女子似乎迟疑未定，双眼盯着手上的石头："我告诉你的事，你可能不信。这是三生石，上面镌刻了我一位太姨婆的姻缘，她出生于19世纪末，她的丈夫生于1888年8月8日，她到很老了依然记得她丈夫的生日。"

霍源听得满脸不信，那女子不理会他脸上的质疑，拿出随身携带的手账，翻到其中一页说："这张是她年轻时的照片，一个大美人，她从小养尊处优，接受文化、礼仪方面的培养，在欧洲念书时认识了她的丈夫。她后来先去了美国，她丈夫从英国去美国的途中遭遇沉船，去世了。"

"哪一年？"霍源紧张得几乎不能呼吸。

"1912年4月15日。"那女子说，"她一直独身一人，直到去世。她丈夫送给她的最后一份礼物是一块石头，他说他们的缘分是前世修来的，会生生世世在一起。"

"是这块石头吗？为什么叫三生石？"霍源汗毛直立。

那女子忽然笑了笑，说："我不能确定，太姨婆的事是我外婆跟我说的，石头早在她出生前便丢了。三生石代表前世、今生和来世，太姨婆生前跟人说，她和丈夫第一次见面时便觉得他十分眼熟，好像很久以前就认识了。"

霍源瞄了眼她手上的相片，小小的一帧照片，她说："太姨婆身上这套是当时最流行的爱德华装束，这个帽子我特别喜欢，裙子很漂亮，但我觉得穿起来太痛苦了。"

霍源努力辨认相片上的人，这张相片的年纪比这世界上的任何人都要长寿，他看到一张清秀的鹅蛋脸上，明眸皓齿，极淡的轮廓曲线，一双眼睛深邃生动。他看得有些痴了，一抬头，发现那女子正好笑地看着他，她说："看过照片的人都说她长得太美了，我这张相片还是翻拍的，我也很喜欢，上次做主题展，我就借用了那个时代背景。"

"你、你长得有些像她。"霍源不禁道，不知夸一个女孩长得像比祖母还老的人她会不会生气。

那女子立刻笑靥如花："真的吗？以前也有人这么说过，我妈让我死了这条心，太姨婆的美谁也比不上。"

"比得上，"霍源说，"眼神特别像。气质的话，相片里的人很古典，一看就来自遥远的过去。你是很现代的。"

"是说我没内涵吗？"她打趣道，两人你一言我一语聊了起来，霍源的目光无法从她脸上移开，每次看她，便会觉得眼熟，一定曾在哪儿见过，却怎么也想不起来。他问："你太姨婆的丈夫有保存下来的东西吗？"

那女子遗憾地摇头："重要的文件、相片都在他去美国时的行李箱里，什么都没留下来。"她想了想，道，"确实没了，除了那块石头，不过我小时候听大人说，三生石一共三块，上面分别刻了178888、188888和198888，谁也说不清有什么意涵，但既然叫三生石，大概就是前世、今生和来世。前两百年过去了，我们的现在，是他们的来世。"

说完，女孩满脸绯红，怎么那么随口就说出来了，霍源的眼神充满笑意，问："我叫霍源，你呢？"

"我叫桂芳颜。"她羞涩地说。

"这就是他们俩的姻缘？"我脱口而出。

卖石头的男子忙着招呼客人，转过身来说："不然呢？"

"不是还有后来吗，你还要吩咐他一件事，否则要倒大霉的！"

对方神情诧异了一下："你记性不错嘛，我哪里说得这么严重过？不过这种事情全凭个人意愿，跟缘分一样，随缘就好。"

"所以是什么事呢，肯定很重要。"我有点儿激动地刨根问底。

他多半见惯了这种情形，好笑地说："我太姨婆生前常去下天竺寺进香，为家人祈福。那小伙子若有心，成了这段姻缘，去杭州时，到下天竺寺进个香，也算还个愿吧。"

"原来如此，"我转念一想，"太姨婆？你和桂芳颜是亲戚吗？等等，别走啊，回来讲清楚这三生石到底是不是真的，我预订一块行不行啊，等等，别走啊——"

荷叶杯与筵席

||||||||||

　　会感到心痛是种慈悲，表示她
对万事万物尚未失去热情的冲动。

　　周丫的书桌上放着一只玉石制成的杯子，杯身饰有荷叶，通体天青色，杯子不是用来喝水的，而是放满了各色各样的碎小玉石。

　　"用来扔他们的，扔完老死不相往来。"她说。

　　我看了看玉石的成色，虽然不懂价值几何，也曾经买过几串手串戴着玩，大概能认出石榴石、黑曜石、水晶等，用这些来扔人，又作孽又有些期待。能被人这么恨着，倒似乎连恩怨情仇也沾染了几许"不食人间烟火"。

　　周丫有个表妹叫苗蔷，表姐妹俩从小一起长大，都住在外婆家，两人的父母工作繁忙，通常塞点钱过去给二老照料，应付着过完假期。她俩性格天差地别，周丫性格内敛、沉静，外表看起来严肃且不易亲近，到大学毕业都没有交往过男友；苗蔷性格外向、活泼，心里藏不住事，很容易跟人混熟，异性缘很不错。

　　念大学时，她俩只在寒暑假回外婆家住。周丫当时准备考研，邀了一个男生在假期一起复习功课。男生叫陆湛，长得十分帅气，与周丫是高中时的同学。他对成绩一向优异又有些孤傲的周丫相对比较了解，在外人看来，陆湛喜欢周丫这种类型的，漂亮，拒人千里，却只对他例外。

周丫装作不知，两人除了谈论学习，从未约过会。她决定考研之前听人说陆湛保研去了一所学校，她就放弃已经被录取的工作，选择与陆湛报考同一所学校。

"认识这么久，蛮好的。"我原本想说的是"感情蛮好的"，见她眉头紧皱，并不想被人认为是感情上的交往，便及时改口。

"他假期本来要去打工，我跟他一说这事儿，他就答应来帮我。"周丫顿了顿，回忆着过往，不甘心，余怒未消地咬了咬牙，道："在这之前，他们从未见过，我从来不在两人面前提另一个人的名字。但是，我感觉到了那种……一见钟情……"

周丫眼眶红了起来，几乎哽咽得无法继续说下去。

我不知道怎么安慰她，会感到心痛是种慈悲，表示她对万事万物尚未失去热情的冲动，那件事虽然在她口中已经过去很久，但一想起来仍让她难过至此，谁能想到爱一个人可以藏得多深。

无论看起来多冷漠、无动于衷的人，心里都有最柔软的一面。如果不是她亲口说，我也许很难想到她这么哀伤。

"爱上一个人可以有多委屈自己，你知道吗？"她问。

如果知道委屈，为什么还要爱呢？我没有问。

如果不曾委屈地爱过一个人，谁又会知道自己爱过别人呢？

"爱过的人都知道。"我说。

周丫抓了把碎玉石在手上，拳头攥紧。我有些担心玉石锋利的边刃会划破她的掌心，就紧张地看着她的手。

"我才不会去参加他们的婚礼，除非婚礼当天地震海啸天塌了，如果家人非要拉着我去，我就去扔杯子，还有这些碎玉石。"她把手上的玉石扔到杯中，"反正我就是这种人，才不会装大方，陪着他们笑，我一点儿也笑不出来。"

我试着缓解下气氛，问："这只荷花杯子是你收藏的吗？"

"这只是荷叶杯，是他找人定制的杯子。古代文人尚雅，喜好碧筒饮酒，称为碧筒饮。将采摘来的新鲜荷叶卷起如杯盏，捅破叶心，与叶茎相通，饮酒人从茎管吸酒，酒流入口中，是盛夏消暑的乐趣之一。"周丫拿着荷叶杯在手上把玩，碎玉石发出互相撞击的声音。

我看着那只荷叶杯，心想要是扔了有些可惜。

杯身刻着一行娟秀的小字：镜水夜来秋月，如雪。采莲时，小娘红粉对寒浪。惆怅，正思惟。

"我不会现在扔掉这只杯子，就算扔也是在他们的婚礼上。"周丫道。

"这首小词意境很美，好像花间词的风格。"我说。

"温钟馗的词。"

"果然！"

周丫一改刚才的哀伤，变得愤愤不平起来："你觉得我像花间集里的女子吗？"

"我冤枉啊。"我据理力争。

"你冤枉什么啊！"她白了一眼，看着桌上的荷叶杯，"平白无故地送我一只杯子，当时我能想到的只有'一辈子'啊，很多……人都是选杯子当作纪念的。"

"所以就纪念了嘛。"我说。

她怔了一会儿，茫然道："还有这个意思啊……"

"我随口说的。"

周丫喟然一叹，幽幽地说："我不知道喜欢一个人是怎样的，也从来不觉得校园、螺旋楼梯、塑胶跑道这些是什么青春的记忆。为什么要总像发疯一样的在念旧，日子很煎熬过不下去了吗？不是的，他们只是知道这种方式最能引起别人的共鸣，得到更多的瞩目，净说些瞎话。念书时哪里有那么多暗恋、惊心动魄，那都是小孩子的幻想，没完没了的青春情伤，那么多伤怎么活下来的？我喜欢他不是突然之间的，不是一见钟情，不是偶发的灵感。我认识他很多年了，从刚开始的并无好感，到渐渐了解他，知道他情绪低落时会用幽默转移注意力，他开心时特别沉默，烦躁时会话痨，他的缺点、优点我都能接受，这些从一开始是不敢想象的。有一天，我很疑惑，如果和陆湛生活一辈子我能接受吗？奇怪的是就在那段时间，他送了个荷叶杯给我，我装作不在意，其实欣喜若狂，以为他和我心有灵犀。"

"为什么是荷叶杯？"我问。

"我疑惑了很久，但又不想贸然问他破坏了气氛。我邀他来家里时，他看上去很吃惊，但很快答应会抽空帮我找些资料，他来我外婆家时很拘束，说话、表情都有些严肃。我以为他在生气，大概是耽误了他的时间，我提议下次他要是有事我去找别人帮忙，但他又很认真地和我约了下次见面的时间。他到底是怎么想的，故意羞辱我吗？"周丫从喉咙中发出一声低吼，这个问题至今困扰着她，在每次犹疑是否决绝忘记之时重现往昔，悉数她曾多么喜欢一个人。

　　"而我仍然喜欢着他。"周丫又将荷叶杯拿在手上把玩，指尖沿着杯身上花纹细细勾画，"他们闹分手的时候我很开心，特别开心地等着他们快点分手，可无论怎么吵架，他们从未分过手，而我对他说了一句气话，就再也没有以后了。"

　　天青色，宛如阴雨天。记忆的回廊，流转深长。

　　我看着窗台上长长一排多肉植物，说："长得真好，很好看。"

　　"山地玫瑰，他以前送过我几盆，还有冰灯玉露、黑法师。我不知道他怎么想到送这些多肉植物给我的，我从未养过任何植物或宠物，他送给我那天，我一看就喜欢。不是因为是他送的，是我真的很喜欢，他带我去看球赛我很开心，虽然我什么都看不懂。"周丫打开阳台的落地窗，招招手让我过去。

　　阳台上遍布多肉植物，形态各异，令人眼花缭乱，如坠落森林深处偶遇世外多肉植物源。偏中间的位置挂着一个吊盆，她说这是珍珠吊兰，也是多肉植物的一种，如瀑布般垂落散开，蔚为壮观。我说："长得圆鼓鼓的，好可爱。"

"珍珠吊兰也叫情人泪。"她说。

"这样啊。"

一转眼，周丫走到了另一盆多肉植物旁，说："这盆是乌木杂，叶片厚重，叶尖边色如血，玉色通透晶莹。有人跟我说这盆乌木杂很纯，价格不菲。"

"看上去特别有气势。"我说。

"嗯，这是它的一个特点，霸气。"周丫端详了一会儿，说，"他告诉我婚讯那天，送了我这盆乌木杂。"

她拿着小水壶，仔细地翻检每盆多肉植物，我随手一指其中一盆，说："这个真好看，像宝石一样，看上去很美很脆弱。"

周丫忽然皱了皱眉头，也许现在的她对一些字眼特别敏感，我忙凑过去看一堆小巧的多肉植物，十分可爱。她转身看了看，说："那些都是玉露，你左边的是水晶玉露，右边的是姬玉露，这个系列里我比较喜欢帝玉露，在你正前方的就是，边上是黄金菊。像这类单株迷你的多肉植物，我以前都养在一个大的木质花盆里，一大盆非常好看，后来买了很多各色各样的小花盆，新入手的多肉植物就分开培植，散开摆放，从哪个角度看都很喜欢。那只荷叶杯差一点儿也被拿来当花盆，不过还是算了，里面有东西。"

"碎玉石可以用来作装饰。"我看着她说。

她轻轻摇了摇头，应该是不舍得把他送的杯子放在阳台上风吹日晒。

"你身后的那盆叫什么？"我问。

"黑法师。"周丫指着多肉植物的叶边，说，"原种叶片是翠绿色，深咖啡色的黑法师是变种，我刚种的时候经常都是绿色，放在阳台上充分接受光照才逐渐呈黑色。"

"他送给你的？"

"不，是我自己买的，他看过照片，说很适合我，后来听说他也养了一盆。"

我悉数着架子上几排又小又可爱的多肉植物，每一株都不一样，糖果色十分惹人怜爱。周丫浇了些水，说："桃蛋的颜色粉得通透，跟滇石莲放在一起，互补一样。菲欧娜包装成花束送人，月光女神也可以，再加个树冰或红爪，很有趣。"

"这些是包在花束里的？"我问。

周丫不答，反而翻检着多肉植物，问道："你觉得这盆丸叶桃蛋怎么样？"

"很漂亮，像粉色的宝石，小小的一个，到哪儿都想带在身边。"

"他的书桌上也有一盆，还有淡雪、桃美人和姬胧月，我去德国看望他时，他的书桌上就是这么摆的。后来，"周丫深深吸了口气，才又道，"他不喜欢红、粉色系的植物或任何东西，他只喜欢深色，他书桌上的多肉植物是她挑的，她曾说过她去德国看望过陆湛。"

我心想着周丫口中的"她"到底是谁，她不亲口说出那个名字，我也无从问起。

"你们都很喜欢多肉植物？"

"高中时有次去旅行，班里同学自发组织的，挑了风景优美的婺源，很多同学抢着在花田拍照，我拿着相机替他们拍。陆湛问我怎么不拍，我说我不喜欢花。他开玩笑说，那些不是花，是长得像花的多肉叶片。我记不清当时看到的是花还是多肉叶片，就很干脆地把相机塞给一个同学帮忙拍一张，陆湛可能很意外，拍照的时候站在一旁，照片上他看着我，只拍到了侧脸。"

我想象高中生时期的周丫，会不会像个小女生喜悦地看着镜头，青春年少，喜欢的人就站在身旁，夫复何求。

"我去拿照片给你看。"她放下手上的小盆，转身回房间找了起来，很快拿了张照片出来。照片保存得很好，几乎看不出时间的痕迹。

周丫说她对陆湛不是一见钟情，当我看到照片上的两个人，身为一个旁观者却不禁有些动容。十几岁的周丫清秀脱俗，一头齐耳短发，穿着浅色的衬衫，看着镜头的她嘴角带着不自觉的笑意，眼神中闪着光芒。只有一张侧脸的陆湛，五官立体，眼神温柔地注视着周丫，呼之欲出的话就在嘴角，让人好奇他想说什么。

有那么一些人，尽管并不是情侣，或许在最终相守之前，缘分早就一次次将他们推到了一起。十几岁时的青涩，脸上藏不住的喜悦，否定千万次，年少时纠结的事，相片上的某个人，留给他日的一声唏嘘。

陆湛应该也是喜欢过她的，眼神骗不了人。

我心想周丫也许是知道的，她不想知道的是感情的变幻莫测。

"他们的订婚筵席你会去吗？"我突然想起此行的真正目的，禹汐不知为何事与周丫吵了一架，两个别扭起来都相当别扭的人，这一架吵得几乎让她们决裂。禹汐保持了几分最后的理智，让我送礼服来给周丫过目，她一直没打开礼服的盒子，搁在客厅的桌子上碰也不碰。我见时间已经不早，便打算告辞回去。

"订婚宴是下周，离结婚还有两个多月，礼服要这么快决定吗？"她皱着眉头说。

"如果要改的话，时间还来得及，婚期越近，让人手忙脚乱的事情越多。"

"禹汐让你来的？"她明知故问。

"我来看看你，也看看多肉。"我说。

"要是你见到禹汐，帮我转达一句话，行吗？"

"行啊，你说吧。"

"我知道她和苗蔷是大学室友，苗蔷和陆湛始终是她看好的一对，我也知道她喜欢过宁则维，他们的身上有很多她和宁则维的影子，这是她的感情投射，不是我的，我并不怪她，人有自己的执念是件无能为力的事。我不是那种会堆着一脸笑容去送祝福的人，就算是禹汐也无法说服我，过得是否幸福我不需要向别人证明，更不会变成结婚狂。我没有别的办法，除了感到伤心，只能尽量不去想这件事，永远没有和解的一天。"

　　我走出周丫的家时，天色已经完全黑了下来，一长排的路灯孤独地亮着，马路上的车稀稀落落。

　　我回头看了看周丫家的那扇窗户，阳台上亮着一盏小灯，她从窗户后走过，灯便熄灭了。

愿我的世界总有一个你

大海那边的朝露

||||||||||||

　　他们在一起的十年不需要我，
而我，只是某个促使他们相识的人。

||||||||||||

到海南岛的机票是禹汐订的，上个礼拜她问我有没有空，我说有的，以为是出去吃饭、看电影，结果却收到机票确认信息。

我冲回家收拾行李，从箱底挖出一件泳衣，有备无患。一看时间还来得及，又去超市买防晒霜和零食。禹汐打了两个电话问我在哪儿，为了表达下我的情绪，我说："买件好看点儿的泳衣去看海。"她在电话那头笑得非常张狂："我没带泳衣，你帮我也买一件。"

"我看中一件大红色的，上面画着美人鱼，你觉得怎么样？"

"哈哈，你是在儿童专柜逛吗？"

我挂了电话，跑去柜台结完账，迅速回家拿行李赶往机场。

登机口排着很长的队，我环视一圈不见她的人影，莫非情况突然有变？手机上没有她的信息，也许她在一路狂奔中。眼看起飞时间越来越接近，我有些担心起来，要是一个人去了海南，先吃什么好呢？

"唉——终于赶上了！"一个手掌在我肩膀上一拍，我吓了一跳，只见禹汐满头大汗地喘气，她身后还拉着一个人，周丫？！

周丫在用纸巾揩脸上的汗，她拒绝去苗蕾与陆湛的订婚宴后出差了一段时间，我不知几时回来的，更不知她与禹汐几时和好了。

"太好了，可以多点菜吃了。"我说。

禹汐订了海景房，距离海边 5 分钟的步行路程。酒店颇有文艺范儿，藤编的椅子，木质秋千，白色帷幔，绿草鲜花随处可见。

"为什么突然想来？"我终于问了一直想问的话。

"我啊——"禹汐眼睑眨了眨，闪烁其词。

"她来这里开会，把我们扔在酒店后就要去应酬了。"周丫冷不丁道。

电梯里忽然沉默了几分钟，我好想在电梯上跳两下。禹汐面不改色地直视前方，周丫哼了一声。

"我带了很多好东西给你们，晚上我们去吃海鲜餐。"禹汐提议道。

"我和周丫自己去就行，你自己玩嘛。"我说。

"蛮好的。"周丫道。

"天哪！"禹汐故作哀叹，赶忙转移话题，"我带了一些香料，你们尽管拿去用，不必在意。"

"你是因为不想一个人跑来海南开年会，所以才拉上我们两个的吧？"我狐疑道。

"她心情不好，也是想带她出来散散心。"禹汐说。

"那我呢？"我追问。

大海那边的朝露

"你反正闲着也没事。"禹汐眼神古怪地扫了我一眼，接起了手机。

周丫在一旁默默地摇了摇头。我忽然有种奇怪的感觉，明明是禹汐一个人的"逃亡"，她却煞有介事地再拉上两个，莫非是拉来垫背的？

禹汐放好行李后很快出门，周丫和我面面相觑，她说："你饿吗，想去哪儿吃饭？"

"现在不怎么饿，打算晚上再吃。"我说。

她笑了起来："我也不饿，我带了些好吃的糕点，各种口味的茶饼，你喝茶吗？"

"喝，我带了普洱茶。"

说完，我去烧开水，她找了几个盘子出来，顺便在禹汐的香囊里搜罗一番，果然找到了不少宝贝。禹汐嚷嚷了很久的香炉这次也带来了，炉盖、炉座饰有莲纹，盖纽制成莲花苞，出烟孔凿成莲花瓣式样的小洞眼。

"这个青瓷炉是她定做的，她自己画的设计图，然后跑去景德镇找朋友制作，设计图前前后后修改了很多次，她的要求不是一般的高。"周丫小心翼翼地将青瓷炉放在一张低矮的几案上，"这个双层的青瓷炉是仿制一件古物。许多香炉里面没有隔热层，以为熏香是直接焚香，把香丸、香饼直接扔火里烧。古人的焚香境界如今看起来有些复杂，大概的过程是把小块炭墼烧透置入香炉中，用细香灰把炭墼填埋起来，在香灰中戳些小孔来吸收氧气不致熄灭。香火上放上瓷、金钱、银叶、云母、砂片等又薄又硬的隔离层，香料放在隔离层上，由香灰下的炭墼来炙烤，香气慢慢挥发出来。"

"听上去像电蚊香的效果？"我心虚地问。

周丫想了想，说："原理是差不多的，通过加热让介质上面的东西发挥功效。熏香要是放在电蚊香上就太没意境啦，禹汐设计的香炉内部构造，其中有专门的隔离层，介质老化后可以随时置换，制作很耗精力，她朋友做完这个香炉后发誓再也不接受定制了，给再多钱也不干。"

"这些香料是？"我闻到了飘浮在房间里的香味，轻轻的，隐隐约约。

"是她自己手工制作的香料，有粉末状、香饼、小丸、香片。要是你问我香料的制作过程，就难倒我了，她专门跟人学过，反复试验，这里的香料大概是她所有的研究成果。"

"她自己说过不用在意，要是我们把这些都用完，你觉得她会怎么样？"我笑嘻嘻地想象禹汐的表情。

"大概会把我们挂在阳台上，从早上一直晒到晚上，然后制成香水。你看过电影《香水》吗？"周丫饶有兴致地问我，好像很期待被制成香水似的。

我听得头皮发麻："我对香水过敏啊，熏个香就好了，不用很复杂。"

古人的焚香七要有：香炉、香盒、炉灰、香炭墼、隔火砂片、灵灰、匙箸。

几案上几乎都齐全了，周丫熟稔地摆弄着："烧香取味，不在取烟……取味，则味幽香馥，可久不散……隔火焚香，烧透炭墼……以炉灰拨开，仅埋其半，不可便以灰拥炭火……香焚成火，方以箸埋炭墼，四面攒拥，上盖以灰……灰上加片，片上加香，则香味隐隐然而发……香味烈则火大矣，又须取起砂片，加灰，再焚……"

周丫低声诵念，细致地拨着香灰，焚香时需要不断照料，十分琐碎的重复。深闺中的女子擅长焚香，这件工作需由女主人担任才显得更为优雅动人，红袖添香的生活日常。

"禹汐说她制作香料时会忘记身外之事，我喜欢围着香炉，看香料一点点焚烧殆尽，然后继续加新的，重燃。每次换香，味道是不一样的，可能会忘了时间，但不会忘记味道。"

"你们几时开始捣鼓这个的？"我问。

"有一段时间了。"

哼，和好了也不通知我一声，我还以为她俩仍互相不说话，每次在对方面前提到另一个的名字时都小心谨慎。

"她带你一起去选购香料了？"我问。

"她问过我喜欢什么味道，我好像没有特别喜欢的。你有吗？"她拨弄着手上的匙箸，抬头看了我一眼。

"桂花味。"

"为什么？"

"想吃糖炒栗子呗。"

周丫笑了起来，这时，她的手机响了，她转头看了一眼手机屏幕，没有接。

弥漫着香甜气味的房间里忽然变得有些紧张，我猜是因为我在场，才使得她放弃接一个很重要的电话。

"我出去看看有什么好吃的，你要带什么吗？"我拿了钱包准备出门。

周丫愣了一下："你饿了吗，不是说晚上大吃一顿吗？"

"买份海南鸡饭解解馋。"说完，我很快出门。

我大约在外闲逛了一个多小时，棕榈树、椰子树下戴着墨镜的年轻人不畏阳光地拍着照，我的衬衫很快变得黏糊糊地塌在身上。心想着这会儿回去她应该打完了电话，没准我还能补个觉，养足精神晚上跟着禹汐去朵颐美食。

回酒店的时候，我带了一份香喷喷的海南鸡饭给周丫，一走进房间，就见她对着香炉发呆，仿佛没有发现房间里多了个人。

"你怎么了？"我把饭放在离她最近的桌上，她看了一眼，似乎很感兴趣。

"没什么，想到了些不开心的事。"她放下手上的匙箸，洗完手后开始吃饭。

我挑了张靠窗的床，睁开眼就能眺望大海，然后赶紧冲个凉抓紧时间睡觉。不知睡了多久，我迷迷糊糊听到有人在说："我说话不留情面，哪个男生会跟我这样的人在一起？我讨厌逛街、自拍、扮可爱，只会一种表情，没什么幽默感，也讨厌没话找话地聊天。我更讨厌生活总是围绕一成不变的假惺惺，我为什么要讨好，连喜欢的人也要讨好。我失去他，不，我从未得到过他，我活该。"

我揉着眼睛，见周丫一个人站在阳台上，换了身棉麻布的长裙，头发扎成一个丸子状，细碎的头发散落下来，她皱着眉头，无心欣赏风景。

"我以为他们很快就会分手，他们却在一起十年了，现在就要结婚了，一步一个脚印证明给我看。我先认识陆湛又怎么样，他们在一起的十年不需要我，而我，只是某个促使他们相识的人。"周丫说。

我清醒了，起来看了看时间，禹汐发了个消息给我，确定晚饭的时间，她直接坐车来接我们。我不知道周丫在和谁通电话，为了和陆湛撇清关系，她早已疏离所有与他有关的朋友，禹汐是唯一一个例外，也许她和禹汐在通电话？

落地窗外蓝色的海平面，宛如巨大的蓝色玉石，以前我买过很多海螺，被它形态各异的样子吸引，放在耳边能听到大海的声音。我以为只要海螺在手，在哪儿都能听见，满心欢喜地带回家后，却发现再也听不到了，从此束之高阁。大海是未知的远方，像几百年前跨越海洋的西方人，为了香料贸易，开启了大航海时代，随之而来的还有另一种文明的毁灭。

"年少时的感情就像朝露，死于昨日的沙滩上。"周丫扔了手机说，她一下子坐在沙发出神。

"那也是人性涅槃的开始，向死而生。"我说。

周丫揉搓着手指头，她紧张不安的时候就会这样，我很少看到她像现在这样，忙说道："这两天不在家，你的多肉怎么办？"

她茫然地看向我："昨天死了两盆，我养了很久。我以为不养活物，不至于如此，想不到还是很难过。"

"有了感情就很难割舍，所以有的人能在感情发生之前有效地止损。"

"那样的人一定很没劲，我一点儿也不希望认识这种人。"

"你还想见他吗？"我看着她转了转眼珠子，抿着嘴，"生活太现实了，没有那么多的峰回路转让人揣摸，好不容易邂逅喜欢的人，他却一转眼就消失不见。爱上一个人，那么开心的事，还没爱够，他已经爱上了别人。要是还能再见，看看后来怎么样了，也许会是另一种情形，好、坏都不必揣测，聊聊过去的误会、错过，没有怨恨或哀伤，如果莉香和完治在爱媛见的就是最后一面，多让人愕然啊，因为知道后来他们还曾在大街上遇见，过去的就都不重要了。只想知道爱情后来怎么样了，别给机会让自己后悔。"

"他们不合适。"周丫忽然说。

我心想她说的是她和陆湛，还是莉香和完治："谁说感情必须是合适才能在一起的？这就跟'这件事很可能失败就不去做'是一样的道理。不管是当年看他们，还是在今天，我从来不是里美一派，我始终选莉香，因为她选择勇敢，明知道希望很渺茫，还是选择勇敢。说莉香这样的女孩不成熟、应该为此付出代价的人，是因为终于变成了自己曾经讨厌的人，莉香是永远的，她是爱情最初的样子，像朝露一样。"

"可完治不爱她，"周丫哽咽了起来，下巴颤得厉害，"他爱过她吗？"

"你知道最让人痛心的是什么吗？不是完治有没有爱过她，而是莉香有一天会后悔曾爱过他，那才是最难以接受的。如果罗密欧与朱丽叶后悔曾经相爱呢？"

"他们彼此相爱啊！"

"可他们死了，像朝露一样，莉香和完治还活着。"

"向死而生地活着？"周丫扑哧一笑。

"肉体最终也会消亡，起码在感情上活过一次。"

房间的门打开了，禹汐摘下草帽和太阳镜，手上拿了一堆材料，身上还背着一个文件包。她好奇地问："你们在聊什么，好像很严肃。"

"你再不来带我们去吃好吃的，我们就要开始考虑从哪件家具啃起来了。"我说。

禹汐笑嘻嘻地脱了棉麻布衬衣："等我五分钟，然后立刻出发。"

坐上出租车时，周丫率先坐在副驾驶座上，她大概不想让禹汐发现她眼眶有些红肿。

我问禹汐："你的防晒霜真好用，我下午出去走了一圈也没晒伤，再借我用用。"禹汐从背包里拿出防晒霜，我拿在手上时不经意地看到她颈上一片红，"晒伤很疼的，你再涂抹些吧。"

禹汐赶紧接过防晒霜，快速地涂抹起来。忽然，周丫在后视镜里瞥了禹汐一眼，即使是在墨镜之后，我都能感觉到她俩的默契。

梅红匣子

||||||||||

　　一些人的美好期待，是另一
些人的煎熬。

||||||||||

　　谁也不知道哪一天突然忙起来，忙着出差、旅行、聚会，新的生活扑面而来，人生忽然冲向另一条道路狂奔，那股劲头仿佛要将过去的一切都补偿回来。

　　福康店的灯很久不亮了，我换了两家代收点，也越来越少与禹汐见面。大概是那次从海南回来以后，生活的节奏忽然变速跑了起来，一切都变得应接不暇。

　　我约了周丫两次，要跟她出来吃饭，她支吾半天，说不清在忙什么。我一看日子，陆湛与苗蕾的婚礼推迟到了两个月后，距离婚期只剩下一个多星期，一些人的美好期待，是另一些人的煎熬。

　　晚上我点了外卖，吃完便不打算出去散步，忽然想起还有东西在代收点，便换了衣服出门。经过福康店时，卷帘门依旧紧闭，禹汐的母亲大约已经睡下了，她不在家时她母亲总是早早闭店歇息。

　　路灯又坏了，我打开手机照明，走到路口时看到一个人正好下车，看身影十分眼熟，我迟疑了一下，说："禹汐？"

"嗨！"禹汐从出租车上下来，手上拿着文件包，一身职业套装，高跟鞋踩在路面上清脆响亮，"你来找我吗？"

"不是，我去拿东西。"我说。

禹汐微微一笑，看起来非常疲倦，大概刚下飞机，还没倒过来时差。她说："进来坐会儿吧，好久没一起吃饭了。"

"没事，你好好休息一下。"说完，我继续向代收点走去。

"周丫一会儿也会过来，不知道发生了什么事，她电话里听起来不太好。"禹汐说。

我心想周丫可能并不想让更多人知道："她会没事吗？"

禹汐立刻听了出来，向福康店的方向示意了下："她刚才说要打给你的，打给你了吗？"

我一看手机，按了几下确定是没电了："啊，真是不巧。"

"来吧，我带了好东西回来，饿死了，很久没好好吃东西了。"禹汐招了招手，我想了想晚点去拿也行，便和她一起去店铺小聚一会儿。

已经睡下的禹汐母亲站在门后，她身上披着外套，戴着老花眼镜的脸上笑吟吟地看着女儿："你再不回来我都要睡着了，吃的我再帮你热一热。这次回来，几时再出差啊？"

禹汐一手放下行李，一手扔下外套，说："不出差了。"

她母亲愣了一下，似乎没有明白，看着她的眼神询问。禹汐说："我打算找份新工作，不用三天两头出差那种。"她母亲怔怔地点头，不知是同意还是不满。

"你不用担心。"禹汐坐在餐桌前，大口喝着饮料。

"女孩子找工作不容易，尤其是到了一定年龄，很多人一看你未婚未育，就不要你了。"她母亲担心地说。

"所以才要有一技之长，不能总给别人打工，随时都会被踢走。"禹汐道。

气氛突然凝固，她母亲含糊地应了声，垂着头背对光源。禹汐道："你不用担心，我找到新工作才辞职的，薪水少点儿，但不用总是出差了。"

她母亲微微而笑，又嘱咐了烤箱里有宵夜，便回了卧室。

"每次我拉着行李箱去赶飞机，我妈总是很担心，她站在门口一直看着我，有次一定要送我去机场。我在外面的时候最怕接到家里打来的电话，一有电话，肯定不是好事，她有什么事问半天也不说。刚才跟她说以后不用总是出差了，她心里其实是松了口气。"禹汐轻声道。

"看得出来，她心里很开心。"我说，"你辞职应该还有别的原因吧。"

禹汐忽然笑了起来，像被抓了个现行："诸多原因，也不是一时的冲动。这个结局我已经料到，比我预期的乐观很多了。"

"那就不用因为没有试过就放弃而遗憾了，无法共事也是无可奈何的事。"

禹汐默然地看着餐桌，她开始收拾吃完的餐盘，小厅里发出异常清晰甚至有些刺耳的餐盘撞击声。"不只是工作上的事。"

"不要急于承认还没想好的事。"

"你知道？"

禹汐眼神诧异地看着我，稍纵即逝的错愕，她是如此意外。恋爱中的人无法藏匿脸上的喜悦，就像悲伤的人无法掩饰眼神中的痛苦。

"我们三人去海南旅行的那次，五天的行程，你除了晚餐时匆匆赶来，基本上只有我和周丫两个人到处闲逛。周丫自己心事重重，无暇他顾。我看你每天忙得不见人影，整个人却神采飞扬，所以……应该不是工作上的忙碌让你开心。"找笑着说道。

禹汐自嘲地笑着："我真是自私啊。"

"为什么不呢，恋爱的时候就自私一点儿好了，该独立的时候独立，没那么多规则。"

周丫抱着一包东西进来时，我很好奇她带了什么好吃的，禹汐也兴致勃勃地等着。

"不是吃的，是个箱子，我觉得很不可思议。"箱子的外面裹着两层厚厚的布，周丫仔细地解开打结，黄花梨木的箱子上镂刻了精致的花纹，箱内铺垫了梅红色的绒布，里面有几件首饰、纪念物，以及信件和相片。

"这些首饰应该是老银，"禹汐拿在手上看了看，"瞧，色泽很不错，款式很早。这叫什件，上面有剪、觿、锉、刀、锥和勺，最早大概是从游牧民族处传来的，后来成了一种装饰品。还有这件，应该是欧洲货，欧洲贵族女性的衣裙腰带上也有这种饰物，悬挂上小钱包、怀表、钥匙串和香水瓶等，功能性不大，金、银制成的都有。这一串珠子又圆又亮，不是手链，是十八子，晚清时很流行在衣襟上佩戴，粉色碧玺十八子很漂亮。"禹汐拿着十八子细细欣赏。

"怎么佩戴？"周丫问。

"什件戴在腰部，十八子戴在衣襟上。这些东西保存得都还不错，你怎么得来的？"禹汐好奇地问。

"我外婆给我的，她去世了。"周丫低下了头。

客厅里顿时静悄悄的，好一会儿，禹汐试探着安慰她："你怎么不早说，我好陪你说说话。"

周丫只是摇摇头，她看看禹汐，又看看我："那段时间，我是故意把自己孤立起来的，不想每次有什么事就跑去找别人陪我，也不想老是看到自己没主见的样子，更不想总是那么消极。"

"他们婚礼延期也是因为这件事吗？"禹汐轻声问。

周丫的眼神移向别处，我将泡好的茶推到她面前，心想禹汐是否问得太直接，气氛陡然变得十分怪异而安静。

"他们差一点儿就取消婚礼了。"周丫缓缓道。我和禹汐面面相觑。

日子有时过得平淡如水，半点儿波澜不起，有时峰回路转，像一部拼命加剧情的黄金档电视剧。

周丫的外婆去世前写了份遗嘱，主要是名下的房产和存款，每家基本上分得差不多，老人的房子谁也不打算住，过些日子就卖了，老人留下的一件古董瓷瓶给了儿子，镯子、项链给了苗蔷，周丫得到了这个梅红匣子。各家找了内行来估价，算下来价钱都差不多，也就不计较分到的是什么。

周丫母亲将一串十八子当手串来戴，戴了没多久就抱怨说太重，打麻将时手腕太累，便要拆了改成项链。周丫死活不肯，说是外婆的东西不能改，她母亲骂她死脑筋，难怪嫁不出去。她从小跟着外婆生活，知道这些东西对外婆的意义，舍不得做一丁点儿改动。周丫听姨妈说苗蔷早就让人把镯子和项链拿去改了款式，苗蔷不喜欢旧款式，觉得像出土文物。

"我外婆年轻的时候从家里逃出来，身上就带了这些东西，她生前曾说这是她母亲给她的嫁妆，她一个人出来做事，万一走投无路也好典当这些首饰过日子。她从来舍不得戴，别说改式样，连包裹在外面的布都不舍得换，她说这是她对家和母亲唯一的纪念，她连夜逃婚出来，直到去世都没有再回去过，她嫁给我外公后曾打算回乡看望，后来得知她母亲已经去世，她父亲下落不明，家里的房子都让人占了。外婆的伤心事可能连我母亲都不太清楚，她很少提起她的娘家人。"周丫拨弄着一串十八子，拿在手上沉甸甸的。

禹汐小心翼翼地替她收好放回匣子，周丫说："好在你知道这些物件的名目，亲戚找来的人只知道价格，我问有什么用途，那人七搭八搭说了半天也不知道在说些什么，最后还问我卖不卖。我不卖，跟苗蔷说'你不要卖这些东西'，她没说什么，姨妈就很不开心。"

禹汐问了价格，周丫说了，禹汐轻轻一摇头："真狠，压得这么低。"

"苗蔷那部分怎么样？"我好奇道。

周丫拿出手机："拍得不多，姨妈看到我在拍，说了几句很刺耳的话，说我疑心外婆分得不公平，拍照留起证据来了。苗蔷脸上挂不住，只好把首饰都收起来了。"

照片上拍了一串珍珠项链，一对金耳环，一只翡翠镯子只拍到一半。禹汐放大了照片看："还不错，但你的这份更有意义。"

周丫似乎浑然未闻，禹汐与我默默地坐在一旁。

"我一直都没告诉过你们，苗蔷和陆湛是怎么认识的。"周丫幽幽地说。

其实她不用说，旁人也不难猜出来。周丫与苗蔷是表姐妹，那时两人的感情还不错，她邀陆湛假期来家中复习功课那次，是苗蔷与陆湛第一次见面。苗蔷在假期前与同学约定去旅行，计划临时取消，半途去外婆家取东西的时候遇见了陆湛。

"苗蔷说，他们是一见钟情。"周丫不屑地撇了撇嘴，"要真是这样，陆湛去德国留学会那么久以后才告诉她吗？她把他们之间还没一撇的事就传得沸沸扬扬，让人以为陆湛要是和别人在一起，就是负心薄幸。"

"陆湛没有拒绝？"我问，觉得是句多余的话。

"应该没有，但也没马上接受她，他当时有自己的打算，他这个人看似温和，不情愿的事谁也勉强不了他。"周丫顿了顿，神情变得踟蹰不决，"自从知道他和苗蔷在一起，我再也没见过他，苗蔷当然也不希望我和陆湛再有任何瓜葛，知道这件事的人只有外婆，她一下子就看出来了。"

十年前，夏天，等待拆迁的老房子。

周丫从学校背回沉重的课本，整个假期哪里都不去，为了考上和陆湛一样的学校，她铆足了劲复习。

外婆坐在电视前，问她："你同学几时来，留下来吃晚饭吧。"

"待会儿我问问他。"

"以前也没见你带同学来家里，这次倒不一样。"外婆忽然笑了笑。

周丫佯装没有听出弦外之音，外婆也不点破。陆湛来时，周丫立即迎了上去，两人坐在客厅的桌子边，他脸上冻得红红的，头发乱糟糟地堆在额头上。周丫不自觉地嘴角一扬，他问："你笑什么？"

"没什么。"她侧过脸去偷笑。

陆湛很能沉得住气，碰了下她的手腕，谁知这轻轻一碰，两人都惊了一跳。周丫脸上一片绯红，垂下头看课本，像个高中生。陆湛本想让她看题目，修长的手指碰到她手腕是个意外，他从未见过她脸上的扭捏之情，害羞得不像一个快大学毕业的女生。他和周丫很少谈论学业之外的事，他交往过几个女生，分分合合，他以为周丫也是。

气氛一时有些尴尬，门口传来一个清爽的声音，苗蔷一面走，一面跟外婆抱怨行程取消，气得把帽子扔在沙发上。她走进来时第一眼便看到了陆湛，眼神就再也无法移开了。她故作随意地打了声招呼："有朋友在啊，真不好意思。"

陆湛礼貌地对她笑了笑，苗蔷磨磨蹭蹭地说了好些话，渐渐地，周丫不再搭理她。

"这周六晚上有个露天音乐会，"苗蔷像变戏法似的从口袋里拿出入场券，"这支摇滚乐队你们觉得怎么样？"

周丫不听摇滚乐，她也从未听陆湛谈论过，抢道："没听说过，你的朋友不去了吗？"

苗蔷讪笑，陆湛看了眼乐队名字："这个乐队很棒，入场券很早就售空了，你运气真好。"

周丫脸上热辣辣的，她立刻看到了苗蔷得意的神情，只听她道："这张入场券给你，有空去看吧，我同学另有安排，去不了了。"

陆湛立刻给她门票钱，周丫看着他们你来我往的客气，禁不住地说："没什么好看的。"

苗蔷抿着嘴，满脸委屈。陆湛不忍心，说道："是我很喜欢的乐队。"说完，立刻与苗蔷约定到时候见，周丫又气又酸涩，充耳不闻两人的对话，那两人也完全把她当作一道背景。最后，陆湛告辞出门，苗蔷热络地送他出去，周丫定定地坐在椅子上一动不动，她发觉眼泪流了下来，别过脸去。陆湛以为她还在生闷气，便回头与苗蔷一同走了出去。

两人刚一出去，目睹整件事的外婆叹了口气："把一个人看得这么重，人家怎么会知道呢。"

周丫原本收住了眼泪，突然就又哭了起来。

周丫喝完了杯子里的茶，语气平铺直叙，在她心里早已回想千百次，每一次都是习惯酸涩的记忆。

我看到屋外下起了小雨，淅淅沥沥。禹汐点燃的熏香已经燃尽。

花开花落自有时，只是不尽如人意。

水色林光

||||||||||

　　前缘未断的恋人，总有一天，
感情还会回来。

沿着湖畔散步，湖水清澈见底，鱼在石头、水草之间轻轻拨动，穿梭而过，悠游自在。

阳光穿过疏疏落落的树叶枝条，在树林的掩映下投下参差的阴影。林间的鸟儿从民宿的屋顶飞过，投入林中，低空掠过一道道飞行轨迹，翅膀一拍，又飞往了高处。

湖光林荫的小路逶迤延伸，穿过烟雾缭绕的民宿旅馆，镇上的几间酒吧、咖啡馆外亮起了橙黄色的招牌灯，隐隐约约看到住在附近的游人进进出出。

傍晚，看到夕阳余晖渐渐褪色，清澈的湖面上波光粼粼，霞光落在湖上沉落，岸边的柳条轻轻飘荡。阵阵炊烟飘散在远处的山上，行人沿着山路缓缓而行。

"你拍了多少照片，带的存储卡还够用吗？"我问。

禹汐掂了下手上的单反，一年多前她从朋友那里购入一部二手单反相机，说是用来练手，但大多数时间也只是放在架子上积灰。她笑着说幸好当时忍住没入手新款的单反相机，不然更浪费。

"拍好的我都上传到笔记本电脑里，等晚上有空再慢慢修图。"
她拿着单反相机站在一块石头上，试图捕捉最后的夕阳。

"周丫好点儿了吗？"我说。

傍晚说好一起出来找个饭馆吃田螺喝酒，周丫临时变卦，说要在
旅馆里休息，她似乎又瘦了一圈。

"后天的婚礼？"禹汐问了声，拿出手机看日期。

"是明天吧。"我记得早上周丫对着手机发呆，双眼出神地看着
窗外，唤了几声她才听到。这回约了一起来农家乐，大概是最无奈的
诸般因由。我的一个邻居，每天从早到晚地唱歌，放开了喉咙唱，附
近邻居没人吵得过她，大家只好不理会，好几次我被邻居嘹亮激昂的
歌声惊得坐立不安。

禹汐从朋友处得知宁则维有了新欢，她自从辞职后再也没见过他，
他的消息偶尔还是会听到，她删了很多社交软件，回归短信和电话，
依然挡不住关于他的事。

周丫为了不去参加苗蔷的婚礼，早在上个星期便让公司委派她出
差。亲戚们并不清楚她和苗蔷、陆湛的事，三个人的口风都很紧，表
姐妹俩的外婆生前便是一个说话滴水不漏的聪明人，从不掺和年轻人
的事。周丫的父母尽管感到诧异，还是明白工作要紧，便不多话。

于是，各怀心事的三个人，以吃野味的名义一同"躲"到乡间民宿，
开始一次心事重重的旅程。

"周丫跟你说过她和陆湛几个月前吃饭的事吗？"禹汐忽然问了声。

我一怔："没有啊，她不是说很多年都没见过陆湛了吗？"

"中间是有很多年没联系过，但几个月前两人又联系上了。"禹汐脸上的表情有些古怪，"大概经过是苗蔷的母亲通知婚礼推迟的事，苗蔷那天正好不在家，她母亲就让陆湛帮忙通知一下，陆湛以为接电话的是周丫母亲，打的座机，恰巧那天周丫在家休息，从不接家里座机的她鬼使神差地接了那个电话，两人就这么联系上了。"

"后来呢？"我问。

"电话里好像也没说什么，过了几天约了见面，"禹汐想了想，不太肯定地说，"我觉得她和陆湛后来见过几次，你知道她的脾气，不想说的事半点儿也问不出来。两个人这么多年没见过面，也不联系，当初就算真的在一起过，也早就淡了。陆湛要是最后娶了别人，不至于这么接受不了。"

"可能周丫耿耿于怀的是输给了苗蔷吧，毕竟是表姐妹。苗蔷和陆湛要是后来分手了，周丫也不用这些年老是听说他们的近况，不想知道也会从她姨妈那里知道。她俩还算好的，至少表面上亲戚之间不知道其中的曲折，不然谁知道是什么后果。"我说。

"你有没有觉得，有那么一刻……"禹汐犹豫了一会儿，说，"陆湛和周丫或许还有可能？"

我有些意外禹汐会这么问，她和周丫认识了很多年，也只有她能从周丫的话里推测出周丫和陆湛见面的事。"或许吧，她看起来心事重重，如果不是某个人给过她希望，犯不着隔了这么多年还惦记着不放。你见过陆湛，你觉得呢？"

"没见过，"禹汐摇了摇头，"有次跟周丫在外面吃饭，她很神秘地跑出去接电话，这个倒很正常，她接电话一直都这样。只是那次，她接电话时眼神很慌张，好像被人突然抓了个现行，我装作没看见，我猜当时打给她的人是陆湛。"

"这个人实在是……"我想不出可说的话。

"苗蔷她，"禹汐苦笑了一下，"她真的很爱他，几乎是严防死守地在一起。"

"他喜欢拈花惹草？"

"不能这么说，陆湛为人还是不错的，苗蔷的朋友中见过陆湛的人很少。大概因为周丫的关系，苗蔷对出现在陆湛身边的异性非常警惕，几乎到了神经质的地步。"

"她太辛苦了。"

"是啊，苗蔷的母亲还给我打过电话，让我劝劝苗蔷，这么没安全感，干脆不要结婚了。"

我笑了起来，禹汐也笑了。我说："她母亲很开明。"

"何止，她母亲一开始很反对两人交往，我问苗蔷什么原因，她说不清楚，我觉得陆湛不大可能惹恼她母亲。苗蔷一旦中意一样事物，会间歇性短路，我感觉她母亲看得很清楚，苗蔷是在跟人争，非赢不可。"

"陆湛的母亲喜欢她吗？"

"她没怎么提过，陆湛跟父母的关系一般，读大学时就很少回家，假期在外勤工俭学。"

天色完全暗了，蜿蜒的小路前方是一盏盏亮起的招牌灯，五光十色，酒吧门口一圈彩色的灯泡十分可爱，一个个都亮了起来。几个衣着前卫的游人在门口合影，比手势、摆造型，走到哪儿都热闹的一群人。

禹汐找了一家饭馆吃饭，我点了几个菜，打了个电话给周丫，她没有接。

"我刚才发了个地址给她，要是她没来，我们打包一份带回去。"禹汐说。

饭馆前的水池里漂浮着叶子，湖上传来游船经过的划水声，石墩子上坐着三三两两恋人，低声细语。

遍植杨柳的岸边，不少人站在桥上拍夜景。

"你不去拍几张？"我问。

"啊，我怕被挤到桥下去，坐在这里欣赏挺好。人家拍风景，我们一边吃着饭，一边欣赏。"禹汐笑道。忽然，她脸上掠过错愕，眼神盯住前方某处，我好奇地循着她的目光去看，什么也没看到。

饭馆的老板娘端了一碗香喷喷的田螺上来，我忙着举筷开动。禹汐似乎还未从错愕中回过神来，问了句："你看到了吗？"

"什么？"我问。

"我好像看见他了。"

"宁则维？"我并未见过宁则维，禹汐给我看过照片，要在大晚上一眼认出来不太可能。

"不是！"禹汐有些坐不住地说，"当然不是！是陆湛，你看过照片的，你认出来了吗？"

我苦笑："那么多人，就看到他们手上的糖葫芦，也没看到哪里有卖的。"

禹汐哭笑不得："纪念品屋边上有个小吃店，里面有卖糖葫芦的。你真的没有看见陆湛？"

我努力回想了一下："好像是有个行色匆匆不像游人的人，但没看到脸。"

"他是不是穿着红色衬衫，里面是白色T恤？"

这么一说，我似乎是看到过这么一个人，游人中穿红色上衣的不算多，很少有人能把红色衬衫穿出潮气。我说："好像是的，背着双肩包，走得特别快。"

"你看到他往哪儿走了？"禹汐追问。

"要真的是陆湛，你觉得这会儿他会去哪儿？"我小声地提醒说。

禹汐像触了电，立即付钱要赶回旅馆。我赶忙追上去拉住她："我说，你这么急着赶过去，到底是怎么打算的？"

"我——"禹汐愣住。

"通知苗蔷吗？"

"你是看好周丫和陆湛的。"

我气急："这算是哪儿跟哪儿，最好不要去干预这件事。你看，周丫哪里像是个没有主见的人，她没接我们的电话，多半也在等他。我们这么赶过去，很奇怪的。"

"一个大男人，就要结婚了，突然在结婚前一天跑来这里私会前任——同学，难道不应该问清楚吗？他这样三心二意，要害多少人！"

难得看到禹汐这么激动，这件事越看越不简单。我仍旧拉住她："我们不要马上冲进去质问，先让他们自己说去。"

"你以为我要做什么？"禹汐苦笑着摇头，"你不了解苗蔷，她很可能也在这里。"

忽然，我放开禹汐的胳膊，整件事是怎么变成今天这样的？出发之前，各怀心事，为了一次甩走霉运的出游，陡然拉开一场婚前变奏曲。我感到不知所措，是要见机行事，还是原地观望？

进退两难之间，禹汐忽然一拉我的衣服，下巴示意左前方的某处，我抬头一看，只见身着一袭浅色长裙的周丫走在一间小店门前，身旁的男子穿着红色衬衫，衣角露出白色的 T 恤，低着头与她说话。周丫整理了头发，化了妆，整个人神采奕奕，一双美目流盼，她的目光迎向身旁的男子，嘴角也在笑。

"我认识她这么久，第一次见她像今天这么……媚。"我坦白道。

"我也是。"禹汐笑嘻嘻地看着，忽然，左顾右盼起来，"要是一会儿苗蔷出现，你要拉住哪边？"

"苗蔷打人厉不厉害？"我忧心忡忡地问。

"越熟的打起来越厉害，"禹汐眼神古怪地看着我，"你跟苗蔷不熟，一会儿你拉住她，她不会和你打起来的。我要是拉着她，没准她连我一块打。"

我听得更加着急了，只是来吃个农家乐，怎么就摊上了这么个事儿。

周丫从一间小花店出来时，手上多了几枝杏花枝，陆湛的手上拿着一个花瓶，两人并肩而行。

"真的要这么跟着吗？"我小声地问身旁的禹汐，她满脸狐疑地看了又看，对我说，"我感觉苗蔷就在附近，可能一会儿就找过来了。"

"到底怎么变成这样的，我错过了什么？"我说。

禹汐变得神秘兮兮，探头张望了下，见那两人停在一家点心店外，才轻声道："陆湛和周丫之间有一个很大的误会，两人最近好像才知道真相，我猜不出什么。苗蔷那么紧张陆湛，估计也是这个原因。"

"偏偏这么巧，挤在结婚前一天。"

禹汐瞥了我一眼："苗蔷的母亲一直不希望她嫁给陆湛。"

"就因为苗蔷执迷不悟？"

禹汐摇头否认："她母亲认为两人一旦结婚，苗蔷很快就会后悔，她现在只是为了证明给别人看，咬着牙要撑到最后。"

"什么仇，结得这么深？"

"唉，周丫从小处处比苗蕾出色，从成绩到长相，有时候连苗蕾的母亲也会说，周丫才更像自己的女儿。苗蕾母亲年轻时很漂亮，自己又是医生，她的优点苗蕾好像都没继承到。陆湛的出现，大概激起了苗蕾的斗志，她要看到一直高高在上的周丫服输。"禹汐喟然道。

我听得一时感慨，无言以对。

女孩之间的意气之争，绵密漫长，就像贝蒂·戴维斯和琼·克劳馥，一眼看不顺对方，便处处看不顺，喜欢上同样的人或物，非但不能增加沟通或理解，反而加深了到死也不能平息的气愤。和解是安慰世人的好听话，宿敌不需要和解的一天。

表姐妹俩不仅分享着共同的成长环境，更是在外婆家度过了大部分无聊的假期，却对于两人的相处方式毫无帮助。

"我觉得她俩就像奥丽维亚·德·哈维兰和妹妹琼·芳登，"禹汐眨了眨眼睛，"我亲眼见过周丫和苗蕾动手，两人打起架来谁也不敢上去拉。"

我吃惊地看着禹汐，又转眼望了下站在陆湛身旁的周丫，感到难以置信。

"要不是亲眼目睹，我也很难相信。"禹汐说。

"是啊，看过《乱世佳人》里温柔贤淑的梅兰妮，谁会想到奥丽维亚曾打断妹妹的锁骨呢，两人比拼了一辈子，从结婚生子到获得奥斯卡奖，甚至连死也要拼。"我说。

这时，巷子里一个人影几步抢上，挡在陆湛和周丫身前。

禹汐一看大事不好，拉着我的胳膊就冲了上去，一下子把我推到苗蕾身前，禹汐挡在另一个方向，说："真巧啊，都来这里玩啦。"

苗蕾的脸色苍白，眼眶浮肿，难以想象过去的一天她经历了怎样的绝望。她看着陆湛，眼珠子一动不动。周丫冷冷地盯着苗蕾，陆湛挡在周丫身前。

"我就问你一声，跟不跟我回去？"苗蕾旁若无人道。

"我已经说得很清楚了，阿姨也劝过你，取消婚礼她也默认了。"陆湛看着她，他口中的"阿姨"指的是苗蕾的母亲。

"我只问你回不回去！"苗蕾提高了嗓音，周围几个经过的游人纷纷侧目。

周丫正欲开口说什么，禹汐对她轻轻摇了摇头。陆湛看着苗蕾脸上的眼泪缓缓滴落，眼神温柔，却仍摇了摇头。

苗蕾止住了眼泪，默然转身离开。禹汐静观其变，拍了下我的肩膀，我和她一起跟上前去。忽然，周丫抓了我的胳膊一下："抱歉。"

"回头见。"我匆匆与他们点了点头，追寻着禹汐的身影。

巷子弯弯绕绕，石板路上的游人渐渐少了。天色不早了，我兜转了几圈，不见苗蕾，也不见禹汐，于是找了张长椅坐下歇脚。

"你在这儿啊！"一个声音蹦了出来，禹汐随即跳到我的面前。

"找了你半天，你看到苗蕾了吗？"我说。

禹汐失望地耸耸肩："追上了，她和她父母一起来的，婚礼取消了。

我看到她上车走的，回头也没看到你，就干脆自己闲逛几圈。"

"周丫呢？"我心想她多半与陆湛在一起。

"进来喝几杯，他们都在。"禹汐笑了起来。

"什么？"我诧异地看着她，转眼看到酒桌边周丫和陆湛在倒酒，"这是怎么回事？"

"喝酒，不管那些事。"禹汐笑道。

夜凉似水，人未散，一弯新月，冷如霜。

酒吧里还有两个陆湛的朋友，他似乎有备而来。他说起当年保研名额突然被取消，令他深感错愕，名额之后给了周丫，让他对苗蔷跟他说的那番话深信不疑：周丫不允许身边的人比她好，她会想尽一切办法把别人拽下来。

他误会了周丫很多年，其实是他家里替他安排去留学了，他当时想在国内和周丫念同一所学校。陆湛的父母都是大学老师，苗蔷不失时机地在他父母面前旁敲侧击，最终陆湛坐上了去德国的飞机留学。

众人听完，不胜唏嘘。过了好一会儿，有人说："前缘未断的恋人，总有一天，感情还会回来。"

陆湛拿起杯子敬酒，仿佛是一场喜宴。已经是第二天了，他和苗蔷原本的大喜之日。

每个人拿起手上的酒杯，为未尽的缘分干杯。

我见禹汐笑了笑，眼角闪着泪花，为下一段缘分干杯。